JN157134

ラルーナ文庫

腹黒アルファと運命のつがい

ゆりの 菜櫻

三交社

CONTENTS

Illustration

アヒル森下

腹黒アルファと運命のつがい

本作品はフィクションです。
実際の人物・団体・事件などにはいっさい関係ありません。

■　プロローグ　■

きらきらと陽の光がいっぱいに降り注ぐサンルームで、幼稚舎から帰ってきた少年はティータイムを過ごしていた。

その手に持つ白磁のティーカップは、小さな少年の手に合わせて作った特注品だ。

少年は紅茶を一口飲むと、自分のすぐ傍《そば》に控えている世話係に声をかけた。

「ねえ、滝田《たきた》。もし僕がアルファになれたら、好きな人と結婚できる？」

滝田と呼ばれた初老の世話係は、しばしその細い目を大きく見開いた。

「……もしや、幼稚舎で気になるお方がいらっしゃいましたか？」

「うん、僕、絶対あのコが運命の番《つがい》だと思うんだ」

「将臣《まさおみ》坊ちゃまは、もう運命の番にお会いになったんですか？」

滝田はすぐにいつもの優しい笑顔に戻った。

「うん。だってあのコを見たとき、僕の心臓がビビッて電流が流れたみたいに痺《しび》れたんだ。

絶対間違いない。僕がアルファになれたら、お父さんに頼むんだ。あのコを番にしたいって」

少年は小さな手を自分の胸に当て、興奮気味に話した。

「そうですね……。坊ちゃまは東條《とうじょう》家の、しかも本家のご長男でいらっしゃいますから、自由恋愛はなかなか難しいかと。ですが、アルファとバースが判定されれば、多少の融通は利くかもしれません。アルファは花嫁をお選びになる権利を持つことができますから」

「じゃあ、僕、あのコのためにも頑張ってアルファになるよ」

「頼もしいお言葉です。お父上様もお喜びになられますよ」

滝田は嬉《うれ》しそうに微笑《ほほえ》み、空になったカップにそっと紅茶を注いでくれた。

■　Ⅰ　■

世界屈指の企業グループ、東條コーポレーションが、世界に通用する日本人の育成を目指して設立した瑛凰《えいおう》学園は、幼稚舎から高等学校まで擁した日本でも有数の進学校である。

小等部までは自宅通学か寮生活かを選べるが、中等部からは全寮制であるため、週末に実家へ戻った生徒たちが、週明けになると学園へ戻ってくる。その慌ただしい様子は、すでに学園の月曜日朝の名物にもなっていた。

月曜日である今朝《けさ》も生徒たちが車や公共機関等を使って登校し、校門付近はごった返していた。

「あ、生徒会長だわ」

「朝から会長にお目にかかれるなんて、今週はツイてるね！」

さざめきのように、あちらこちらから色めいた声が上がる。皆の視線は校門をまさに潜《くぐ》ろうとしていた青年に向けられていた。瑛凰学園、高等部二年、生徒会長の東條将臣だ。

スポーツも万能であれば、学年の首席でもあり、まさに種族のトップに君臨する『アルファ』を見事に体現した青年である。

きりっとした眉《まゆ》は、少し長めの前髪に隠され、さらにどこか猛禽類《もうきんるい》を彷彿《ほうふつ》させるような凛々《りり》しく鋭い双眸《そうぼう》も、くっきりとした甘い二重がカバーし、さほど威圧を感じないちょうどよい具合に保たれている。

外国人と並んでも見劣りしない体軀《たいく》に程よく筋肉がつき、四肢のバランスもいい。秀でた鼻梁《びりょう》も手伝って、高貴で禁欲的な雰囲気を持つのに、アルファ特有のフェロモンのせいか、男の色香を感じずにはいられない。

そのため、学園でも多くの女子生徒が将臣に憧《あこが》れていた。

「おはようございます、会長」

「おはよう」

学生の数人が将臣に駆け寄って挨拶《あいさつ》をする。そんな生徒に将臣は清々《すがすが》しい笑顔を返した。

すると、その生徒らの向こう側に小等部からの付き合いで、同じくアルファの悪友の倉持《くらもち》健司《けんじ》の顔があった。

「倉持、お前にしては早い登校だな」

「親に早くから追い出されたんだよ。遅刻が多いって、学園から連絡があったんだとよ」

「お前は普段から、遅刻の常習犯だからな。仕方ない。ところで、聖也《せいや》の顔は見たか？」

「いや、もうすぐ来るんじゃね？」

倉持がそう言った途端、背後から黄色い声が響いた。将臣は小さく溜息《ためいき》をついてから、声のするほうへと振り向いた。

そこにはまさに車から降りようとしている貴島《きじま》聖也の姿があった。

「ありがとう、卓《すぐる》さん。じゃあまた」

青年が小さく笑って助手席から出てくる。さらりとした黒髪は烏《からす》の濡羽《ぬれば》色という言葉がぴったりの艶《つや》やかで滑らかなもので、彼の美貌《びぼう》を飾るには充分な代物だ。大きなアーモンド型の瞳《ひとみ》は宇宙をイメージさせる混じりけのない漆黒色で、見る者を魅了する。将臣とはタイプの違う美しい男だ。

彼もまたアルファというバース性なので、自然と周囲の人間を惹《ひ》きつける力に長《た》けていた。いい証拠に、先ほどの将臣と同様、大勢の女子生徒が聖也の姿見たさに集まってきている。

将臣と違うのは、その中には男子生徒もおり、聖也の中性的な美貌が男女両方に対して威力を発揮しているところだろう。

聖也は高等部三年で、将臣の一つ上の先輩になる。だが幼稚舎からの知り合いということともあり、将臣のほうが後輩であるにもかかわらず逆に態度が大きい。

今も無理を言って、三年であるのに聖也に生徒会の副会長を命じ、自分をサポートさせていた。

聖也は卒業後、アメリカの大学を受験する予定なので、受験シーズンが一般の生徒よりも遅いのだ。そのため強引に二年続けて生徒役員に就かせることができた。

そんな無理をさせたのも、常に目の届くところに彼を置くためだ。

ずっと——、ずっと幼稚舎の頃から聖也を狙《ねら》ってきたのだ。今さら誰《だれ》かに横から攫《さら》われたくない。

彼に近づく輩《やから》は、昔も今も例外なく排除している。そして将臣は、すでにアルファとして覚醒《かくせい》している聖也を必ずオメガに変異させるという荒々しい欲望を胸に秘め続け、聖也に嫌われないように静かに、そして確実に彼を追い詰めている最中でもある。

絶対に聖也をすべての意味において、手に入れる。それが、将臣がずっと夢見ていることだ。時々倉持からハイスペックなストーカーと言われるが、反論できない。

「今月に入って二回目か。聖也が従兄弟《いとこ》の卓だとかいう男の車で来たのは」

将臣が誰にも聞こえないくらいの小さな声で不満げに呟《つぶや》く。するとそれを耳にした倉持が同じくらい小さな声で呟いた。

「ほんと、お前、聖也先輩のことになると狭量だよな」

「フン、当たり前だ。聖也の周囲にいる輩に対して、寛大になるつもりは微塵《みじん》もない」

そう言いながらも表面では笑顔を浮かべ、挨拶をしてくる生徒に対して軽く手を振る。

いかなるときでも優等生な生徒会長の仮面を外さないダブルフェイスの将臣だ。

すると聖也が将臣にやっと気がついたようで、声をかけてきた。

「おはよう、将臣」

将臣の気持ちにまったく気づいていない様子で、聖也は清々しい笑顔で近づいてくる。

「ああ、聖也、おはよう。あの男……従兄弟だったか？　今朝はどうしてあの男の車で登校しているんだ。いつもの運転手はどうした」

つい質問攻めになってしまうのは愛ゆえだ。

「卓さんのことか？　ああ、昨日、卓さんが家に泊まりに来ていたんだ。それで、今朝ついでに学園に送るって言ってくれたから、甘えさせてもらったんだけど、何か問題でもあったか？」

「……別に何もない。だが、あの男、大学も卒業して、社会人になったんだろう？　いい歳《とし》をして、まだ従兄弟の家に泊まりに来るとは、何か下心でもあるんじゃないか？」

「君のような東條本家じゃあるまいし。僕の家は分家で、下心を抱かれるほどのものは何もないよ」

将臣としては、聖也の身の危険を遠まわしに注意したつもりだが、本人はまったく別のことと捉《とら》えているようだ。心の中で小さく溜息をつく。

「相変わらず、お前は甘いな」

そう言っていると、少し離れた場所から女子生徒が控えめに朝の挨拶をしてくる。将臣がそれに笑顔で応《こた》えると、彼女らが頰《ほお》を染めた。だが同時に隣に立つ聖也にじろりと睨《にら》まれる。

「なんだ？」

「いや、別に。君も相変わらず、外面がいいなと感心しただけだ」

「聖也も、もう少し笑えばいいのに。まあ、お前の場合はそのツンデレさがいいという生徒が多いから、そのままでいいのか。お前、氷の姫君らしいぞ」

「やめてくれないか。誰が氷の姫君だ。ったく、ここの生徒は厨二《ちゅうに》病にかかりすぎだ。『瑛凰学園の双璧《そうへき》』とか二つ名をつけたがりすぎる」

瑛凰学園の双璧。生徒会長の将臣と副生徒会長の聖也のことである。

誰が最初に言ったのかは知らないが、人当たりが良く貴公子然とした生徒会長将臣に、寄り添うように補佐をする美しい副会長の聖也の姿を見て、生徒の間ではいつの間にか、二人のことをそんなふうに呼ぶようになっていた。

さらに近隣の学校の生徒にも人気が高く、その呼び名は広く知られている。

そもそもこの瑛凰学園は資産家の子女が多く、稀少種《きしょう》アルファが集められた特進クラスもあるため、日本で憧れる学園ランキングの上位に常に入っている。そのため、そこの生徒会長、副会長という肩書だけでも、かなりの人気になるのだ。

この瑛凰学園は一般市民も入学できるが、元々、東條一族の本家、分家の子供を学ばせる場として誕生した学園でもあった。

今や世界屈指の企業グループに成長した東條コーポレーション。一族から才能のある人材を育て、競わせ、その中で一番優秀な結果を残した者が総帥の座に就けることになっている。そしてこの学園が教育プログラムの一環を担っているのだ。

東條一族の本家、分家の子供は中等部までは、必ず東條家が運営する学園で勉学をしなければならない。

東條出身の人間は、本家分家にかかわらず、高等部入学の折に、まずは資質で当落を決定され、高等部に進んでからは、第二の性とされるアルファ、ベータ、オメガが判定されるまで高度な英才教育を受けることが義務づけられる。

東條家出身でもベータと判定された者は、一般入試のベータと同じ普通クラスに落とされた。

アルファとオメガはそのまま特進クラスに残り、さらに高度な教育を受けることになる。もちろん一般入試のアルファ、オメガも東條出身者と同様に扱われる。

高等部在学中で、ほぼ全員のバースが判明する。一般よりもアルファ性が多いとされる東條家出身の子女でも、大体一学年に二、三人ほどになってくる。残りはベータがほとんどで、稀《まれ》にオメガが生まれた。

それでも九割以上がベータだという世間から考えれば、東條家にはかなりの確率でアルファが生まれている。一族でアルファ同士やアルファとオメガの結婚を繰り返しているからだ。東條家に生まれた人間には、原則として自由な恋愛は許されていない。

東條出身のアルファはそのまま高等部を卒業し、世界各地の最高峰と呼ばれる名門大学へと留学していく。そして卒業後、東條グループの幹部候補生として見事採用されることになるのだ。

そして毎年、審査があり、年代に関係なく後継者候補生十五人を選び、東條グループ総帥の座を争うようになっている。

途中でドロップアウトするのも可能だが、将臣は総帥の座を狙っていることもあり、東條グループに敷かれたレールを、今のところおとなしい振りをして歩んでいた。

「そういえば聖也。今日、放課後、生徒会室に顔を出してくれ。バース判定の結果が出る日だ」

「ああ、わかった。毎回思うが、人の運命が紙切れ一枚で決定されるのを目にするのは、なんともやるせない気持ちになるな」

「どのバースになろうが、この世界にはそれぞれに役目がある。どんなに足掻《あが》こうがそれは決定事項だ。誰も逃れることはできない。どうしようもないことに、あまり感情を動かされるな。本質を見失うことになるぞ」

「人を統べるアルファとしては正論だが、君に言われると素直に頷《うなず》きたくなくなるな」

「俺にそんなことが言えるのは、聖也と倉持くらいだな」

「君は友達が少ないんだな」

「お陰様でね」

そう答えると、聖也が呆《あき》れたような視線を送ってきた。

＊＊＊

教室棟と同じ棟に瑛凰学園生徒会室、そして続きの間に生徒会長室がある。主に放課後、生徒会長室で聖也は将臣と一緒に生徒会の仕事をしていた。

濃紺の絨毯《じゅうたん》が敷き詰められた部屋には、年代を感じる飴《あめ》色に輝いた重厚な家具が置かれ、どこか名のある家の書斎のようにも見える。

正面の大きな書斎机は会長の机で、将臣の席だ。対して、その左側に置かれている将臣よりも少し小さい机が聖也の席だった。

放課後、聖也が必要な書類をチェックしていると、生徒会長室のドアがノックされた。

「会長、今月の頭に行われた東條家の人間のバース判定の結果が届きました」

ドアの外から生徒会役員の声が聞こえる。その声に将臣は書類から顔を上げた。聖也も同様にドアを見る。

「入れ」

「失礼します」

「今回の調査で東條出身の者でアルファは出たか？」

早速将臣が口を開いた。非常にデリケートな個人情報ではあるが、生徒会長である将臣にとって、東條一族のバース性の把握は仕事の一つである。それに伴い、生徒会役員も情報を知る権利を持っていた。

「今回の判定でバースがはっきりした東條家出身者は、全学年で六名でした。一名がオメガで、残りの五名がベータ。アルファはおりませんでした。こちらが生徒個別の詳しい情報になります」

机の上にデータファイルが置かれる。

「そうか。ご苦労だった。下がっていいぞ」

将臣の声に生徒は一礼をし、部屋から去っていった。ドアが閉まるのを確認し、将臣はパソコンでファイルを開きながら小さくぼやいた。

「東條家の血筋だというのに、アルファがゼロとは、無残な結果だな」

「アルファは一般では全体の三％に満たないと言われている。オメガにいたっては二％だ。それを考えれば順当な結果だろう？」

聖也は立ち上がり、将臣の隣に移動してパソコンを覗《のぞ》き込んだ。東條家出身の生徒の個人データが並べられていた。

この学園において、東條家出身者にプライベートというものはない。すべてデータ化され管理されている。

瑛凰学園では三か月に一回、バース判定が行われ、進路を強制的に決められる。

東條家出身でもベータと判定された者は、エリートコースから外されたことを意味する。

一方オメガは、世間の扱いとは違い、東條グループ内では手厚く保護される。

発情期の関係もあって、教室こそアルファと分かれるが、教師などは同じで、アルファと同ランクの教育が受けられるのだ。

これは一般的に言って、非常に珍しいことだった。

本来オメガは現代社会において、大っぴらに差別はされないが、意識下では最下層の種族とされている。二か月に一度の発情期に左右され、セックスを糧のように生きるのも差別される要因の一つだ。

『番』ができるまでは、通常の生活も支障が出るため、オメガに理解がある会社でなければ、なかなか就職もできないのが現状である。

だが、瑛凰学園でのオメガの扱いは、他のそれとは違い、かなり良い待遇を受ける。

オメガはアルファを産む確率が高いので、瑛凰学園では、アルファの伴侶《はんりょ》として相応《ふさわ》しい教養を持ったオメガの育成も目指しているのだ。

悪く言えば、今のうちから優秀なオメガを確保し、瑛凰学園のアルファの生徒、特に東條一族のアルファと番わせようという狙いがあった。東條家のアルファ出生率を上げるためというのもある。

「中等部から高等部を合わせて、東條一族の者でバース判定が出ていないのは、あと十四人か。一体、そのうちの何人がアルファになるのか、見物だな」

「将臣、自分が中等部の頃、早々にアルファと判定が出たからといって、人のバース判定を、そんなゲームみたいに言うのは失礼だぞ」

聖也がじろりと睨んでやると、椅子《いす》に座った将臣がどうしてか嬉しそうな顔で見上げてくる。そしてさりげなく聖也の指先にその指を重ねた。少しどきりとするが、軽い接触などいつものことなので、敢《あ》えて無視する。

「わかっているさ、聖也。外では言わない。聖也の前だから言っただけだ。それにアルファが増えれば増えるほど、俺にとっては敵も増えるということだ。総帥の座は一つしかないから、邪魔者は少ないほうがいい」

そんなことを同じアルファである聖也の前で堂々と口にするので、少し毒を吐いてやった。

「じゃあ、僕もアルファだから、将臣には邪魔者になるということか」

すると将臣はその瞳を大きく見開いて、わざとらしく驚いてみせた。

「まさか、聖也は別だよ。俺の懐刀として、ずっと傍にいてほしいと願っている」

「どうだか」

「本当だよ、聖也」

将臣が触れていた聖也の指先を持ち上げ、そっと唇を寄せた。

……っ。

さすがに今度は驚いて、指を引き抜こうとしたが、わずかな差で彼に指を摑《つか》まれてしまう。

「将臣」

仕方なく名前を呼んで諫《いさ》めると、彼が小さく笑みを浮かべた。

一歳年下のはずなのに、大人の男の顔をこうやって時々見せる将臣に、どう対応していいか困ることが最近多くなった。

彼とは幼稚舎から一緒で、昔は可愛《かわい》い弟のような存在だったのに、それがいつからかアルファ特有のフェロモンを纏《まと》う男の顔を見せるようになった。

聖也にとっては面白くないし、可愛くない。

「ったく、君って本当に人誑《ひとたら》しだしな」

「誑すのは聖也だけだ」

冗談だとわかっていても、カッと顔が熱くなる。アルファを誑《たぶら》かせるアルファも相当なものだと変なところに感心してしまいながら、悔し紛れに言い返した。

「そういうところが、人誑しって言うんだ。本当に年下なのに、生意気だな」

文句を言うが、それでも将臣は楽しそうに聖也の指先を摑んで触れる。

「生意気じゃなくて、可愛いって思えばいいじゃないか」

「よく言う……どこがかわ……」

コンコン。

聖也の言葉を遮って再び生徒会長室のドアがノックされた。将臣の気がドアに向けられた瞬間に、聖也は自分の指を無事に彼から奪還した。将臣はそれを横目で見ながら少し不機嫌な声で、ドアの外の生徒会役員に声をかけた。

「なんだ?」

「失礼します。東條出身のオメガが原因のトラブルが起きましたので、今、オメガの身柄を保護し、連れて参りました」

東條出身のアルファ、オメガの騒動は、学園側ではなく、東條家で始末をつけることになっており、現在は生徒会長である将臣の管轄になっていた。

将臣は仕方ないとばかりに溜息をつくと、声を上げた。

「入れ」

すぐにドアの向こうから数人の生徒会役員に囲まれて一人の青年が連れてこられた。彼の夏服のシャツはボタンが外れ、ところどころ破れている。その生々しい様子から彼がアルファに襲われたのだということがすぐにわかった。

聖也はわずかに眉間《みけん》に皺《しわ》を寄せた。いくらオメガの宿命とはいえ、彼が感じた恐怖を思うと、彼を襲ったアルファに憤りを覚える。

だが、将臣は聖也とは違うようで、ぼろぼろになった彼の姿を冷めた目で見つめているだけだった。

「君は確か私と同じ学年の花藤《はなふじ》悟《さとる》君だったね」

将臣が生徒会長の仮面をつけ、抑揚のない声で尋ねる。

花藤と呼ばれた青年が近づいた途端、ふわりと甘い香りがした。その香りはたぶん抑制剤である程度抑えられているが、間違いなくオメガが発情する際に匂《にお》わせるものだ。

しかし聖也はもちろん、生徒会役員に選ばれるほどのアルファでも上ランクの優秀種であれば、これくらいのオメガのフェロモンに惑わされることはない。釣られるのはせいぜいアルファでもランクが下のほうか、ベータの輩だけだ。

「どうやら発情期のようだが、適量の抑制剤も飲まずに、学園内でアルファを誘惑してもらっては困るんだが？」

「抑制剤は飲んでいます」

花藤が強く言い返した。だが将臣はその必死さを莫迦《ばか》にするかのように口許《くちもと》に笑みを浮かべる。

「飲んでいる？　飲んでいないだろう。悪いが私は適量の抑制剤と言ったんだが？　それだけの匂いをさせて君が適量の抑制剤を飲んでいるとは到底思えないな。ああ、もし君が無自覚なら、量が少なかったと校医に連絡して、薬の量を増やしてもらうようにしよう」

将臣はそう言って、なんでもないように校医宛の書類を書き始める。それが却《かえ》って花藤の激高させたようだ。彼が我慢できないように訴えた。

「っ、どうして僕だけが、こうやって注意されるんですか？　僕を襲おうとしたアルファたちはどうしたんですか？」

ここに連れてこられたのがオメガである自分だけということに、花藤は憤りを感じているようだ。

「君に惑わされたアルファたちは――」

「惑わしてなんかいません！」

花藤が大きな声を出して訂正するが、将臣はそれを無視して言葉を続ける。

「別室で、発情したオメガに対しての対処方法を再教育している」

「再教育だけで済まさないでください！　あいつらは嫌がる僕を密室に連れ込んで、性的暴力を振るおうとしたんですよ。僕があいつらを蹴《け》り上げてどうにか逃げられたから、大事に至らなかっただけで、こんなの、犯罪です！」

「犯罪？　相手がオメガである限り、アルファの犯罪は成り立たないだろうな。それに世間的には、彼らより悪質なのは君のほうだ」

「どうして、僕があんな野獣みたいな奴らより悪質だと言うんですかっ！」

「自覚がないのか？　東條一族の出身なのに、こんな初歩的なことがわからないとは、これ以上、私を幻滅させるな」

「会長」

さすがに聖也は将臣を諌めた。必要以上にオメガを蔑《さげす》みすぎだ。

将臣も聖也にちらりと視線を遣《や》ると、小さく肩を竦《すく》めて本題に入った。

「君は発情期なのに、なぜ薬を必要量飲まないのか？　飲まないのなら、どうして隔離室から出た？　それとも処置室のほうがよかったのか？　セックスがしたいのなら、申請しろ。アルファの生徒を惑わすな」

「なっ……」

花藤の躰《からだ》が目に見えて怒りに震える。聖也はそれをただ黙って見ているしかなかった。

『隔離室』というのは、薬を副作用などの利用で飲みたくない者、または花藤のように飲んでも効き目が悪い者が、一週間ほどの発情期を過ごす場所だ。

一方『処置室』というのは、学園公認のセックスをするための部屋になる。発情したオメガをアルファ、ときにはベータの人間が避妊処置をして事に及ぶのだ。

抑制剤の副作用が酷《ひど》く、薬を服用せずに発情期の苦しみから逃れるために、隔離室よりも処置室を選ぶオメガも少なくない。

こちらの場合、複数のアルファとセックスをするため、『番』を見つける確率が高くなるというメリットもあった。

『番』とはアルファとオメガでしか成り立たない永遠の伴侶の証《あかし》と言われている。

しかし、アルファとオメガであれば全員『番』になれるわけではない。

まだよく解明されていないが、相性があるようで、本当に『番』であれば、お互いに交わった瞬間、ビビッと来るらしい。

『番』であるオメガを見つけるのに、一番わかりやすいのは、セックス中にオメガの首筋にアルファが嚙《か》みつくことだ。

その後、次の発情期の時期になってもオメガが発情しなければ、運命の伴侶、『番』が成立する。

この症状が出れば、晴れて『番』として公に認められることになるのだ。

オメガはアルファと『番』になれば、発情期から解放され、伴侶であるアルファにしかフェロモンを出さなくなり、ようやく普通の生活ができるようになる。

そのためオメガと判定された人間は、その日からアルファの番捜しを始める者さえいた。そしてその姿を見て、他の性のアルファやベータがオメガを蔑むのだ。セックスマシーンなどと揶揄《やゆ》されるのも、そういった背景がある。

「抑制剤を飲まないのなら、複数のアルファに襲われると何度もオメガの講習で習ったはずじゃないのか？　飲まないのは、襲われたいと言っているのと同じだ。それならば処置室へ入れるぞ」

「そんなっ！」

花藤の顔が青ざめる。その様子から彼が不特定多数とのセックスを望んでいないことがわかる。聖也は心配しながら二人の会話をただ聞いていることしかできなかった。他の生徒会役員も同様だ。

「処置室行きが嫌なら、薬をきちんと飲むか、隔離室へ行け。いいか、いくら君が被害者だと訴えても、世間はオメガがわざと襲われた、強姦《ごうかん》されたかったという言い方をされる。たとえ分家出身であっても、東條一族からそんな淫《みだ》らなオメガを輩出するわけにはいかない。君も勘当されたくないのなら、きちんと責任をもって自分の管理をしろ」

「東條一族なんて……そんなもの、好きでなったわけじゃない」

「そうだな、東條一族である恩恵にも気づけない愚かな奴は、さっさと縁を切って出ていったらいい。どれだけ自分が東條一族ということで、オメガでありながら優遇を受けているか、理解できない輩を養うほど、我々もめでたくはないからな」

「……っ」

花藤が息を呑《の》むのが伝わってくる。聖也も心の中で息を吐いた。

将臣の言っていることは正論だ。しかも露悪的であるが、結局は花藤のことを心配しての言葉であることも、長年の付き合いの聖也ならわかる。きつい言葉でオメガとしての自覚を持たせているのだ。

本当にこのオメガの青年のことをどうでもいいと思っているのなら、こんなきつい言い方をせずに、黙ってさっさと処置室か隔離室に入れてしまえばいいのだから。

注意することや諫めることは、一見、相手を傷つける行為に見える。だが本当は、注意をしたり諫めたりする者のほうが、心に傷を負う気がする。

「で、どうする。今から君は抑制剤を飲むか、それとも……」

「飲みます。飲めばいいんでしょ。どうせオメガの気持ちがわかる人なんて、この生徒会には誰一人いないんだから」

「そうだな、我々は皆、アルファだからな」

将臣の言葉に、花藤は再び気色ばむが、将臣は顔色一つ変えずに花藤を見据え、そのまま聖也に声をかけてきた。

「貴島さん」

将臣は親しい人以外の前では聖也のことを苗字《みょうじ》で呼び、敬語で話す。一応三年生を敬う姿を他人には見せるようにしているらしい。

「彼を寮まで送っていただけませんか？」

「わかりました。花藤君、寮へ一旦戻ろう」

聖也が花藤に手を差し伸べると、彼が小さく頷いた。

寮はオメガ専用となっており、一般の生徒からは隔離されている。発情期でもとりあえず寮に籠《こも》れば、どうにか過ごせるように配慮されているのだ。

聖也がそのまま生徒会長室を出ようとすると、背後で再び将臣の声が響いた。

「倉持、君も花藤君についていってくれ」

「わかった」

気づくとドアの向こう側に生徒会執行委員長の倉持が立っていた。将臣に指示され、すぐに聖也とともに花藤の脇《わき》を固める。

「今回の件は、オメガの生徒による抑制剤の飲み忘れが原因だと報告書には書いておく。抑制剤の量についいては君の主治医と相談しろ。以上だ」

聖也と倉持が花藤を連れて生徒会長室から出たと同時に、将臣の声が背中からかかった。振り返るが、生徒会役員によってドアが早々に閉められる。

このドア一枚で世界が変わったような気がした。ドアの奥は、本当に臣民を従える王様の執務室のようだ。

聖也はドアから視線を剝《は》がし、花藤を寮へと連れていった。


オメガ専用の寮は教室棟から一番近い場所にある。何かあっても教員がすぐに駆けつけられるのと、なるべくオメガに外を出歩かせないためだ。

「今日は寮に戻ったら、早めに薬を飲むように。明日、風紀委員からフェロモンの検査がある。その検査が通ったら、授業に出るように」

聖也がお決まりの注意事項を花藤にすると、彼が憎々しげに睨んできた。

「……こんなの、間違っている。オメガだというだけで、僕たちは娼婦《しょうふ》のように扱われるなんて、絶対間違っている」

彼の訴えは確かにわかる。花藤は東條の分家でもあるから、聖也も知らない仲ではない。それに歳が近いこともあって、東條の集まりなどで、バースが決まる前の子供の頃から何回か顔を合わせていた。

花藤も含め、東條一族の中でも中等部で優秀な成績を残した子弟が、この高等部に進んでくる。だが、バース判定でオメガとわかった途端、周囲の扱いが極端に変わるのは周知のことだった。

東條グループを担う人材だと期待されていたはずなのに、突然、そこから引きずり下ろされ、子供を産むマシーンのような扱いを受けるのだ。花藤にとって耐えがたい屈辱であろう。

聖也もオメガであったのならば、彼と同じようなことを口にしていたかもしれない。

「オメガだからって、誰も愛のないセックスなんてしたくない。なのに僕たちは将来、アルファに選ばれるためにだけ磨かれている。聖也先輩は知っていますか？　オメガの授業ではアルファに抱かれる方法を教わるんですよ？　僕たちはアルファのための娼婦になるよう教育されているんです」

「そんなふうに自分を卑下するのはよくないよ、花藤君。大体、オメガは特進クラスと同様の教育を受けることができて、一般教養も、普通科よりも優れたものが受けられるようになっているだろう？」

「ええ、アルファのために、ですけどね。アルファの番として恥ずかしくない教養を持つことを強いられています。僕たちは何もかもアルファのために生かされているんです」

「その考え方はやめたほうがいい。オメガにはオメガの役割がある。もっと前向きに考えたほうがいい」

「前向きに？　自分から進んで足を開いて犯されろとでも？　アルファ様のお考えは立派ですね」

「僕を傷つけようとしても無駄だよ。そんな言葉は、もう何度も言われているからね」

「……っ」

「花藤君、この学園の外に出たら、もっと酷い差別を受けることになるのはわかっているだろう？　オメガは最下層。アルファやベータの性欲を満たす存在。種を宿す役割。いい証拠に、性犯罪に巻き込まれたら、加害者はオメガで、オメガを襲った輩が被害者となる。結果、君は警察が管轄している矯正室に入れられ、強制的にいろんなアルファと性行為をさせられ、不本意に番を持たされることになる」

聖也は自分でそう言いながら、眉間に皺を寄せた。アルファである聖也でも、オメガのことを考えるとバース社会に嫌悪を覚える。

しかしどんなに嫌悪を覚えても、一介の高校生で社会を変える力がない聖也たちは、現状に従うしかない。だからこそ花藤のことを考えて、彼に言い聞かせなければならないと思った。

いつかオメガの人権が守られる日までは、彼に無茶をしてほしくない。

「……まだオメガの人権は他の階級の人権よりかなり低く見られている。会長も言っていたと思うが、ここが外と比べて、君たちオメガがどれだけ優遇されているか、きちんと理解すべきだ。そのためには学園のルールは守らないとならない。それが君のためにもなるんだ。オメガというバースを受け入れ、幸せになることを最優先させたほうがいい」

「聖也先輩なら、僕の気持ち、少しでもわかってくれると思ったのに……。やっぱり会長と変わらない選民主義者なんですね。見送りはここまでで結構です。寮はすぐそこなので、一人で戻ります。失礼します」

「花藤君！」

聖也が彼を呼び止めようとしても、花藤は振り返ることなく、走っていってしまった。

「先輩はここまでで大丈夫です。あとは俺が責任もって寮へ送り届けます」

追おうとした聖也を、それまで口を閉ざしていた倉持が制して、すぐにそのまま花藤を追っていった。

聖也が二人の背中を黙って見つめていると、背後に人の気配を感じた。

「本当に困ったオメガだな」

いきなり将臣の声がして、聖也は驚いてビクッと躰が反応してしまった。

「びっくりしたな。お前も結局来たのか？」

「まあな。心配だったし」

「心配？　ああ、花藤のオメガの匂いにまた誰かが吸い寄せられて襲ってくるのを、僕だけでは押さえられるか心配だったってことか？」

つい自虐的な嫌みを言ってしまった。聖也一人でも充分だと思っていたのに、倉持をつけられたのは、アルファとして力がないと言われているような気になったのだ。

バース社会において、アルファは最高種であるが、そのアルファの中でも力の強さで上下関係が生じている。

アルファとして、その潜在能力が高いほど上とされるのだ。力の強いアルファが相手の力をねじ伏せることはマナーとして、してはならないことだが、実際マウント行為は日常的に行われており、それによってアルファの中の秩序も保たれている。

聖也は将臣とそういう意味で対峙《たいじ》したことはないが、傍にいるだけで、彼の力がかなりのものであることは肌で感じ取っていた。たぶん将臣は聖也より遙《はる》かに力のあるアルファだ。

だからこそ将臣の言葉が聖也の自尊心を傷つけたのだが、将臣のほうは聖也の言っていることの意味がわからないという顔をした。そのため聖也はさらに説明を足した。

「倉持を追加したってことは、僕一人では護衛として覚束《おぼつか》なかったということだろう？」

そう尋ねると、将臣が驚いたような顔をした。

「そんなふうに思っていたのか。違うぞ。まあ、確かに大男が襲ってくるんだったら心配になるが、別の意味で心配だったんだ」

「別の意味？」

今度は聖也のほうが、意味がわからなくなる。すると将臣が言いにくそうに続けた。

「……花藤がお前に気があるように思えた。聖也と二人きりにしたら、花藤がお前を襲いそうな気がしたから、倉持を慌ててつけたんだ」

「私に気が？　それに花藤君に襲われる？　考えすぎだ。今でもかなり文句を言われたぞ」

思ってもいなかったことを言われて驚くしかない。

「まあ、確かに考えすぎかもしれないが、万が一に備えてな」

「気の回しすぎだ。それに彼はオメガ性をかなり嫌っている。自分から他人を襲うことなどないだろう」

「そうだといいがな。しかし聖也は優しいな。俺だったら、お前たちに社会的地位はない、アルファの言う通りにしてろって、はっきり言ってやるが？　お前のようにやんわりと優しく言っていては、オメガになりたての奴らは自分の立場もわからず、盾突くだけだ」

「お前みたいに割り切って言えないよ。特に東條の血筋の彼らとは幼稚舎から一緒だったんだ。彼ら自身の戸惑いもわかる」

花藤も昔はあんな辛《つら》い表情を見せる人間ではなかった。もっと明るく笑っていた。

「お前はオメガの中から運命の『番』を見つけたら、優しくしてやるんだろうな」

ぽつりと将臣がそんなことを呟いた。

「え――？」

彼の顔を見遣ると、なんともいえない寂しい顔をしていた。

「将臣？」

思わず声をかけると、彼の瞳に急に力が漲《みなぎ》ったように見えた。

「――お前にオメガなんて娶《めと》らせないからな」

「え？」

いきなり全然違うことを言われ、拍子抜けする。

「聖也、お前は俺の傍にずっといるんだ」

「お前なぁ。自分はさっさとオメガから『番』を捜して結婚するつもりだろうに、僕にはするなと言うのか？　我儘《わがまま》もいい加減にし……」

「結婚は別に必要ないと思っている」

聖也の声を遮って、将臣が力強く断言した。冗談とも思えないその声色に、聖也は少し背筋が震えた。

「そ、そうはいかないだろ。お前は本家の人間だ。お前が望もうが望むまいが、いずれは結婚しなければならない。莫迦なことを言うな」

「――冷たいことを言うんだな、聖也は」

将臣が苦笑して答えてくるが、これだけは聖也としても譲れない。分家としては本家が栄えてくれないと困るのだ。本家ありきの分家であることを、聖也は昔から重々言い聞かされている。

「冷たくない。大体、子供じゃないんだから、いつまでも僕と一緒にいられるとは思うなよ」

そんなことを聖也は軽い気持ちで口にしたが、その言葉で急に将臣の纏う空気が変わった。鋭いナイフのような張り詰めた気を感じる。少し不安になって、聖也は彼の名を呼んだ。

「将臣？」

「聖也、俺から離れると言うのか？」

彼の纏った怒気ともとれる緊迫する空気とはまったくかけ離れた、子供っぽい言い草に聖也の躰の力が抜けそうになる。

「はあ？　何を言ってる。僕の夢はお前の世話係になることじゃない。きちんと東條グループに就職して、東條アルファとして務めを果たすことだ」

「じゃあ、問題ない。俺がいずれ東條グループの総帥になるんだから、お前は俺の秘書兼世話係になって、公私共々支えてくれればいい。お前の夢に当てはまる」

「はぁ……。すごい自信だな。本家のお坊ちゃまだと、さらりとそういうことが言えるんだな。あと、ほらお前、一人称『俺』になっているぞ。ここは学園内なんだから気をつけろよ」

「聖也だって、俺のことを『お前』って呼んでいるじゃないか。他の人間に対しては『君』なんて気取って言っているのに。自分のことを棚に上げるな」

「はあ、お前な、一応、僕が先輩なんだからな。もっと後輩らしくしろ」

「東條本家長男の俺に『後輩らしくいろ』なんて言えるのは聖也くらいなものだ」

やっといつものような食えない笑みを浮かべる将臣に、聖也はほっとした。さっきの怒りは気のせいだったのかもしれない。聖也がそんなふうに思っていると、将臣が少しだけ口調を変えて言葉を足した。

「……さっきも言ったが、俺は別に結婚はどうでもいい。運命の伴侶、『番』がアルファとオメガの間でしか成立しないというのも、ナンセンスだと思う」

「将臣？」

「だが、オメガがアルファの束縛に敵《かな》わず、逃れられないとされる『番』という関係に、なんともいえない仄暗《ほのぐら》い悦《よろこ》びを感じるのも確かだ。オメガはどうやってもアルファのフェロモンには抗《あらが》えないのだからな。オメガの意志に関係なく、アルファは愛するオメガを自分のものにできる。さらに運よく『番』となれたら、相手のすべてが自分のものになる」

オメガの意見を無視したような発言に、聖也は将臣に危うい何かを感じずにはいられなかった。近づいてはいけない危険人物のような気がしてくる。

「『番』というものは、なんて官能的な甘い鎖だろう。抗いがたい誘惑だ。俺の意志で相手をオメガにし、『番』にすることができるとしたら、それはきっと背徳感に占められた甘美な出来事だろうな」

不穏な笑みを口許に携えながら、凄《すご》みを帯びる将臣の声に、嫌な震えが聖也の背中に走った。

「お前の意志で相手をオメガにする？　そんなこと、できるわけないだろう。それに将臣、お前の今のオメガへの発言は危険思想に聞こえるから気をつけろ」

　そう言うのが精いっぱいだ。

「聖也の前でしか言わないさ」

　将臣は踵《きびす》を返して、聖也に背中を見せた。

「生徒会の仕事が残っている。聖也、戻ろう」

　将臣が一歩、元の道を戻る。どうしてか聖也の足が動けずにいた。

　同じアルファ同士のはずなのに、何かアルファよりももっと力のあるものが、聖也にプレッシャーをかけてきているようなそんな錯覚さえ覚えた。

　一体、なんだ——？

　ゆっくりと離れていく将臣の背中を、いつもと違う感覚で見ている自分がいた。

■ Ⅱ ■

瑛凰学園は中等部からは全寮制になる。寮は男女別の他に、アルファ、ベータ、オメガと六棟に分かれている。生徒間で問題が起きないように、寮にも細心の注意を払っていた。基本的に、寮は二人部屋になっているが、生徒会役員と寮長に関しては、特別待遇で個室が与えられる。

会長である将臣はもちろんのこと、副会長である聖也も部屋で誰かと同室になってルームメイトならではの交友を深めることができない。

そのため、他のアルファと、特に東條一族ではない一般のアルファと交流を持つように心がけている聖也は、彼らが集まる談話室に頻繁に顔を出すようにしていた。

一方、将臣は東條本家の嫡子ということもあり、滅多に分家や一般家庭出身のアルファがいる談話室には顔を出さない。皆に気を遣われたり、おべっかを使われたりすることを嫌うのだ。

確かに東條本家嫡子で、しかも生徒会長。アルファでも力のある優秀種となれば、誰もが近寄りがたい。聖也も幼稚舎からの知り合いでなければ、こんなにも親しくできなかっただろう。

そういうところでは、彼は孤高であると言える。腹を割って話せる友は倉持と聖也くらいのものだ。

幼稚舎に通い始めた頃、本家からの通達で嫡子の遊び相手として選ばれてから、聖也は文句を言いながらも将臣の近くにいる。

今では、彼が一般のアルファと交流がしにくい立場であるので、聖也が代わりに彼らとの接点となり、将臣のフォローをするようになっていた。

聖也の父親はこのまま本家の嫡男に気に入られ続けるようにしろと命令してくるが、別に父に言われたから、フォローをしているわけではなかった。自分の意思で将臣の傍にいる。

なんとなく、それが普通になってしまった。アルファとしての力は彼のほうが上かもしれないが、それでも良きライバルとして、これからも一緒に成長したいと思っていた。

しなやかな枝のようにぐんぐんと伸びる彼の力を、間近で見ていたいと思ったからかもしれない。

幼稚舎で出会った将臣は、本当に可愛かったのにな。気づかないうちにふてぶてしくなって……。

聖也は幼稚舎の頃の将臣の姿を思い出した。

＊＊＊

その日は幼稚舎がいつもより騒がしかった。聖也は帰り際、黒い服の男たちが至るところに立っているのを目にした。

「宮本《みやもと》さん、あの黒い人たち、どうしたの？」

聖也は少し怖くなって、迎えに来ていた運転手に尋ねた。

「今日、東條本家のお坊ちゃんがいらっしゃったそうですよ。そのお付きの人たちかと思います」

「本家の？　僕、会わなかったよ」

「聖也坊ちゃんとはお歳が違いますから、お会いにならなかったのでしょう。また近々、お会いできるかもしれませんね。さあ、帰りましょうか」

「あ、僕、麻理《まり》先生にご挨拶してないの。ばいばい言ってくるから、待ってて」

大好きな麻理先生に、明日まで会えないのだから、ばいばいをしないと絶対帰れない。

聖也は急いで麻理先生がいるだろう職員室へと向かった。運動場を横切るのが一番の近道だ。

聖也は運動場へと走っていくと、花壇のところで見知らぬ男の子がしゃがんでいるのが目に入った。

どうしたんだろう……。

そのまま男の子にどんどん近づくと、彼が何かを手にしたのが見えた。

何かあるのかな……。

聖也は興味もあって、男の子に近づいた。男の子の手には小さな亀がいて、どうやら亀がひっくり返っていたのを起こしてあげていたようだった。

あ、あの亀、池から上がってきたのかな？

運動場の脇に、亀を飼っている小さな池がある。幼稚園児に危険が及ばないように、水深十センチくらいしかない人工の池だ。

「あ、その亀、向こうの池……」

聖也が見知らぬ男の子に声をかけたときだった。その子が突然大声を出した。

「乙姫《おとひめ》様！」

「え？　おと、姫……様？　え？　どこ？」

聖也は自分の後ろを慌てて振り返った。乙姫様といえば、日本の昔話に出てくる竜宮城の乙姫様しか知らない。しかしどこを見ても乙姫らしき人物は見当たらなかった。

聖也は不思議に思って、男の子に尋ねた。

「どこに乙姫様がいるの？」

すると男の子が頬を仄かに染めて下を向いてしまった。

「あ、ごめんね。僕も見たかったから、聞いたんだ」

「……君が乙姫様かと……思った……んだ」

「え？　僕？　でも僕、男の子だよ？」

「え！　男の子!?」

男の子は目を真ん丸にして驚いた。

「うん……」

聖也が頷くと、何かとんでもない失敗をしたとばかりに、男の子の顔が強張《こわば》って、固まってしまった。聖也は慌てて男の子に声をかけた。

「あ、でも乙姫様って、とても綺麗《きれい》なんだよね？　僕のことそう思ってくれたなら、嬉しいかな」

お姫様と間違えられることが本当は嬉しいかどうかは微妙だったが、男の子を励ますために、聖也は明るく話しかけた。その甲斐《かい》あってか、男の子の表情が幾分か柔らかくなる。

「亀を助けたから、乙姫様が来てくれたのかと思ったんだ……」

男の子は小さな亀を見せてくれた。

「亀、助けてあげたんだね。時々、ひっくり返っちゃう亀がいるんだよ。よかったね、亀君。助けてもらって……あ！　麻理先生っ！」

男の子と話していると、職員室から麻理先生が出てくるのが見えた。急いで挨拶をしないと、先生がどこかへ行ってしまう。

「じゃあ、またね」

聖也は男の子に手を振り、急いで麻理先生のもとに駆け寄った。

「麻理先生っ！」

「聖也君、わざわざ挨拶をしに来てくれたの？　ありがとう」

「うん、先生、また明日ね」

「ええ、また明日。さようなら。気をつけて帰ってね」

先生に手を振りつつ、運動場に振り返ると、少年の姿はもうなかった。

そしてその夜、聖也は夕食後に父からいきなり呼び出された。大事な話があるときにだけ呼ばれる座敷へと通され、聖也は父の前で正座をした。重々しい空気に緊張する。

「聖也、お前、本家の将臣君と顔見知りらしいな」

「将臣君？」

聞き覚えのない名前だ。幼稚舎には、そんな名前の子はいない気がする。

「まあ、学年が違うから、名前は覚えていないかもしれないな」

父はそんな聖也の態度を咎《とが》めることなく、話を進めた。

「将臣君とは東條家の本家の嫡男だ」

「あ、今日から幼稚舎に来てるって、宮本さんから聞きました」

「ああ、実は本家が、このところずっと将臣君の遊び相手を探していたんだが、先ほど本家から電話があって、お前が遊び相手として選ばれたと連絡があった」

「遊び……相手？」

よく意味がわからない。

「将臣君は小さいながら気難しい子らしく、あまり人を寄せつけないらしいが、お前なら一緒にいてもいいと言ったらしい」

僕なら、一緒にいていい？　でも、将臣君なんて、知らないし……あ。

聖也はふと今日、亀を助けていた男の子のことを思い出した。

もしかしてあの子かな……。

あの子なら、確かに名前を知らない。

「いいか、聖也。我が貴島家は東條家の分家とはいえ、由緒正しい家柄だ。将臣君と一緒にいれば、お前にも相応しい地位が得られるだろう。この家の将来のためにも、しっかりと将臣君の遊び相手を務めるのだぞ」

大人の言っていることは意味がよくわからないことが多い。しかし聖也が将臣の遊び相手をきちんとすれば、父親が喜んでくれることはわかった。

お父さんが喜ぶなら、頑張らないと……。

「はい、わかりました。僕、将臣君と仲良くします」

「さすがは聖也だ。明日、幼稚舎で早速、将臣君に声をかけてあげなさい」

「はい！」

父に期待されるのが嬉しくて、誇らしくて、聖也は元気に返事をした。

＊＊＊

あれから十三年。十三年も一緒にいることになる。

最初は『遊び相手』という名目であったが、小等部の中学年になる頃には『ご学友』という立場に変わった。

初めに父から言われた通り、将臣は気難しいところがあり、人をあまり寄せつけるタイプではなかったが、中等部に入る頃になると処世術を覚え、人付き合いも難なくこなせるようになっていた。

もう聖也などいらなくなったのではと思ったが、相変わらず将臣は聖也を手放そうとはしなかった。どちらかというと以前より一緒にいることが多くなった。

中等部から将臣は生徒会長として責任を負い、どうしてか聖也がその補佐として副会長に任命された。お陰で授業以外は将臣と過ごす時間が増えた。

そうしているうちに中学二年生のときに、将臣がアルファとして覚醒した。

誰もが将臣はアルファであろうと思っていたので、別段驚くこともなかった。そして続いて聖也も無事にアルファのバース判定がされた。しかし将臣は――。

「アルファだったのか……」

と、周囲がめでたいと喜ぶ中、落胆の色を隠さず、聖也のバース結果を聞いてそう口にしたのだ。

以前からアルファの数が増えるほど敵が増えると言って憚《はばか》らない将臣にとって、身近な聖也がアルファ性になったことが気に入らなかったのだろう。

総帥の座は一つしかないから、アルファは将臣にとって邪魔な存在でしかない。

将臣が聖也よりもかなり力のあるアルファであることは、その頃から聖也もなんとなくわかっていた。将臣もそれは承知であろう。それに聖也が総帥の座に興味がないことも彼は知っている。

だから最近は『懐刀』などと言って、将臣は聖也がアルファであることを許容しているようだが、やはりどこかで聖也のことを邪魔者だと思っている気がしてならない。

そう感じてしまうのは、決して将臣が悪いのではなく、聖也が無意識に卑屈になっているからかもしれない。

十三年間という時間の中で築き上げてきた関係だが、聖也がこの関係を大切に思うほど、将臣は大切に感じていないんじゃないか、儀礼的にしか捉えていないのかもしれないと思うと、自分の立場が侘《わび》しくなるのだ。

将臣は本家の人間なのだから、いずれは分家出身の聖也と離れるときが来るだろうが、それでも少しは将臣の味方の一人として認識していてほしいと願っている。そうでなければ本当に寂しい。

「……んだよな？」

いきなり誰かが聖也に話しかけてきた。我に返ると、談話室で先ほどまで下ネタ談義をしていた生徒らが、聖也に何かを尋ねてきていた。

「あ、ごめん、ちょっと生徒会業務のことを考えていて、聞いてなかった。なんだって？」

「いやさ、聖也は処置室の授業を受けたことないんだよな？」

「あ……」

処置室。発情したオメガを抱く部屋だ。オメガの人間を抱くのも自由参加の授業となっており、アルファは優先的にこの授業を受けられるようになっていた。

だが聖也はオメガを娼婦のように抱くことに抵抗があり、処置室の授業を受けたことがなかった。あと公認でセックスをするというのも好きではない。そういうことは愛を伴ってしたいと思っている。

それにどうしてか将臣が参加したという話を聞かないので、聖也もなんとなく参加せずにきてしまっていた。

「あまり興味がないからな」

そう言うにとどまる。しかしアルファの同級生らは、それだけでは手を緩めてくれなかった。突っ込んだ話を続けてくる。

「聖也は東條っていっても分家だろ？　将臣は本家だから、そういうのは専属家庭教師がいてもおかしくないけど……。お前、授業を受けたことないというと、もしかして童貞か？」

「え……」

思わず躰が固まってしまう。その不自然な動きに同級生らはにやにやといやらしい笑みを浮かべた。

「なに、なに？　天下のクール美人、聖也様が本気の本気で童貞ってこと？」

「べ、別にいいだろう？　急いで卒業するものじゃないし」

そう言い返すも、一人が気障《きざ》ったらしく、舌打ちをしながら人差し指を左右に振った。

「それはまずいだろ。アルファであるなら、せめて高校卒業までには童貞も卒業しておかないとだめだろ。これから先、少なくとも社会に出たら、それこそオメガがたくさん寄ってくるんだ。アルファなのにセックス下手、童貞だってばれたら、興醒《きょうざ》めされるぞ」

「それにアルファは子孫を残す義務がある。いくらオメガだからといって、乱暴に扱ったらだめだろう」

「そうそう、オメガを気持ちよくしてやるのも、俺たちアルファのマナーだぞ。今のうちにいろいろと知っておかないと」

「知っておかないとって……」

聖也も複数で責められれば、たじたじになってくる。

「俺たちはアルファといえども、結局は種馬みたいなもんだよな。国の方針に従って、優秀な子孫を残せるよう、聖也、お前だって義務を果たさないとならないんだぞ」

「わかっているけど……」

高校生活もあと残りわずか。気は乗らないが、そういった授業も、そろそろ受ける時期が来ているのかもしれない。

国の方針では、アルファは二人以上の子供を成すことが法律で決められている。生まれた子のバース性は問われないが、本当に言葉は悪いが種馬扱いだ。しかし、この国で生きている以上、聖也もこの法律を守り、責任を果たさなければならない。

「まあ、俺たち三年生にとっては、今度の夏休み前の『番合わせ』が最後のチャンスじゃないの？　聖也、まだこっちも参加したことがないんだろう？」

「ああ……」

毎年、夏休み前になると、アルファの寮で『番合わせ』という儀式が行われる。いわゆるアルファとオメガのお見合いのようなものだ。

アルファもオメガも基本自由参加であるが、アルファに関してのみ、『番』になりたいオメガがいた場合、指名して、儀式にそのオメガを参加させる権利を持っている。

お見合いの要素を色濃く反映しているこの儀式は、お互いの合意の下、セックスをする。ただ普段の『処置室での授業』と違うところは、睦《むつ》み合っている最中にオメガの首筋に噛みつくことが許可されているという点だ。

これは『番の儀式』と同じで、この行為でオメガの発情期が収まり、フェロモンが分泌される匂いが相手のアルファにしか通用しなくなると、『番』として認定され、国の機関に登録されることになる。まさに運命の伴侶となるのだ。

しかしほとんどが『番』の証拠となるような症状は確認できず、そのまま恋人という関係になったりする。それだけ『番』を見つけるのは難しいとされていた。

また『番』でなくてもアルファは結婚をすることができるのだが、万が一、結婚後『番』に出会ってしまったら、どうしようもなく惹かれ合い、最終的にそれまで築いていたものを捨ててでも、『番』と添い遂げるとされている。

本能的な何かに突き動かされるらしいのだが、まだその辺りは詳しくは解明されていない。ただ、オメガの発情期に影響していることもあって、オメガ側のメカニズムに関係している可能性が高いとされていた。

虐げられているオメガが、実は『番』の鍵《かぎ》を握っていると言われている。

そういう事情から、アルファとオメガは結婚後、『番』が現れた場合のみ重婚が許される。

もちろん、それは最終的な手段で、そんなことにならないためにも、アルファとオメガは積極的に『番捜し』をすることを推奨されていた。

そしてこの学園において、年に一度の『番合わせ』という行事が存在するのも、そういった背景があるからだった。

「なあ、聖也。お前、今回の『番合わせ』に参加するだろ？　今年度で卒業だし、将来を考えても、『番捜し』は早めからしておいたほうがいいしな」

「そうだな。あまり考えていなかったけど、今年は参加しないとならないかもしれないな」

将臣はどうするつもりなんだろう……。

将臣は東條本家の嫡男だ。当然、それなりの家柄であるアルファかオメガの妻を娶るはずなので、本家で『番合わせ』のようなことがあるのかもしれない。

「で、聖也は誰を狙ってるんだ？」

「誰って……」

「俺たちも今度の『番合わせ』に出るんだけど、お前と同じオメガを指名したら、勝ち目はないから、お前の指名する奴は避けようと思って」

　オメガが複数のアルファから指名された場合だけ、オメガがその中から性交をする相手を選べることになっている。

「まだ参加しようって、はっきり決めたわけじゃないし」

「お前は一応、見た目は麗しの副会長様なんだ。将臣会長と並んで人気で、女性だけじゃなく男性のオメガも、お前から声がかからないか、待っているんだぞ。早く決めてやれよ。そうでないと、オメガの奴ら、そわそわして俺たちなんて眼中に入れてくれないんだからな。聖也、お前、本当にすごい人気だって、わかっているか？」

「いい加減なことを言うなよ。そんなこと、聞いたこともないし、知らないよ」

　同級生たちの作り話には呆れる。本当にそうなら、一番情報が入る将臣がまず茶化してくるに決まっている。だが、将臣からそんな話は聞いたこともなかった。

　確かに副会長で、将臣と並んで立っていることも多いし、『瑛凰学園の双璧』と呼ばれているのは知っている。

だがそれだけだ。騒がれることはあるが、あまり性的な視線を送られた覚えはない。

だからこそ、そろそろ『番捜し』も含め、そういう授業にも出ないとならないのかもしれないと思っているくらいだ。不本意ではあるが。

「まあ、でも前向きに考えないといけないとは思ってる……」

「お、いよいよ真打ち登場となるか」

同級生の茶化した声に談話室がざわついた。つくづく暇人が集まっているなと感心しつつ、聖也は両膝《りょうひざ》を抱えて、ソファの上で丸くなって座った。

週末にでも卓さんに相談するか……。

仲の良い従兄弟の顔を思い出し、聖也はまた一つ溜息をついたのだった。

翌日、すでに聖也が『番合わせ』に出席するという噂《うわさ》が学園中に広まっていた。

知り合いの学生に会うたびに、それは本当なのか確認され、まだ決まっていないと答えるという、無意味なやりとりが朝から幾度となく繰り返された。

中には悲鳴みたいな声が上がったり、必要以上に追及されたりするのもあって、ちょっとした騒ぎになってしまい、聖也は授業が終わると、早々に生徒会室に逃げ込んだ。すると、そこに花藤がこそこそと聖也を訪ねてきた。

「昨日はご迷惑をおかけしてすみませんでした」

昨日とは打って変わって、殊勝な態度で謝られた。

「あれから、無事に寮まで倉持に送ってもらった？」

「はい。いろいろとお気遣いありがとうございました」

素直に答えが返ってくる。なんとなく違和感を覚えて聖也が首を傾《かし》げると、本題とばかりに花藤が口を開いた。

「聖也先輩、『番合わせ』に参加するって本当ですか？」

その話題から逃げるためにここに来たのに、結局はまた捕まってしまい、聖也は苦笑した。

「あ、それ、まだ考えている最中の話なんだ。誰か僕が出席するって吹聴しているみたいだけど、まだ決めてないから――」

「出席して、僕を『番合わせ』で指名してくれませんか？」

いきなり花藤が言い募った。

「え？」

一瞬、何を言われているか理解できなかった。

「お願いします。僕を指名してください」

もう一度言われ、ようやく頭が回り、意味を理解する。理解したらしたで、聖也は慌てて花藤に確認した。

「ちょっと待って。君は昨日、オメガのことを嫌っていたよね。こういうのも、君の意思に反しているんじゃないのかな」

「聖也先輩となら、『番』になりたいです」

「え、だけど……」

「聖也先輩にはもう決めたオメガがいらっしゃるんですか？」

「そういうわけじゃ……」

「聖也先輩なら、オメガを決して男娼のように扱わず、ちゃんと一人の人間として見て、愛してくれるような気がしたんです。それに正直言って、もし先輩の『番』になることができたら、辛い発情期もなくなって、ベータのように普通に生活ができるようになる。僕は自由が欲しいんです。人間としての自由が」

花藤の瞳はまっすぐ聖也を射貫くように見つめてきた。

「一度、僕と試してくれませんか？　お願いします」

「一つ聞くけど、花藤君は僕のことが好きなの？」

「好きというか、尊敬しています。でも先輩に抱かれてもいいと思えるほどは好きです」

「尊敬だけで抱かれては駄目だよ。ちゃんと好きな人に抱いてもらわないと」

バース性が社会の根幹である以上、それは夢物語に過ぎないかもしれないが、つい願わずにはいられない。

「他に好きな人なんていません。それにもし聖也先輩以外のアルファに抱かれることになったら、僕は舌を嚙んで死にます」

「花藤君……」

「お願いです。もし『番』になれなくても、先輩に決して縋《すが》ったりはしません。僕のことを恋人にせずに捨ててもらっても構いません」

「そんなことを言うもんじゃないよ。それに、もしそんなことになったら、君は辛くないの？」

「辛いかもしれませんが、それでも万が一の可能性があるなら、賭《か》けてみたいんです。自由になりたい」

はっきりと聖也のことを利用すると正直に告げてくる彼の潔さに、逆に聖也の心が揺れ動く。

「お願いします、先輩」

深く頭を下げられて、聖也は戸惑った。確かに『番合わせ』のためのオメガをどうやって探そうかと困っていたが、運命を決めるかもしれないことを、こんなに簡単に決めていいものかと悩む。

「大切なことだから、少し考えさせてくれないか？」

「それなら――」

花藤が何かを言いかけたときだった。ノックの音と同時にいきなりドアが開いた。あまりにも乱暴な様子に聖也も花藤も驚いて、ドアから一歩退く。

向けた視線の先には、そのドアの開け方とは裏腹に、優等生の仮面をつけた将臣が、にっこりと笑みを浮かべて立っていた。

「ああ、よかった。貴島さん、こちらにいらっしゃったのですか。探していたんですよ」

将臣の穏やかな笑みを見て、どうやら今の会話を聞かれてはいなかったようだと、聖也はひやりとした心臓を宥《なだ》める。将臣に変な誤解をされたら、後でいろいろ煩《うるさ》いのだ。

聖也はできるだけ平静を装って、将臣に向き直った。

「何かあったのか？」

聖也が尋ねるも、将臣はちらりと花藤を見てから聖也に視線を戻し、花藤がここにいる理由を聞くこともせず、用件だけを告げた。

「倉持執行委員長が、先生に用事を頼まれたそうで、少し遅れると連絡を貰《もら》いました。申し訳ないのですが、代わりに予算委員会にすぐに行っていただけませんか？」

「ああ、わかった」

「お願いします」

なんとなく敬語に違和感を覚えたが、将臣が一般生徒の前で聖也を先輩扱いし、敬語で話すのはいつものことだ。

大丈夫だ。『番合わせ』の話は聞かれていない……。

聖也は自分に言い聞かせて、花藤に声をかけた。

「花藤君、そのことについてはまた返事をするよ。今日はこれで終わりにしよう。行こうか。途中まで送るよ」

聖也が花藤に退室を促すと、将臣がふと口を開いた。

「ああ、悪いが花藤君は残っていてくれないか？　昨日の件で聞きたいことがあるんだ」

「え？」

「すぐに済むよ。私も君に風紀委員からの報告を伝えないとならないしね。貴島先輩はそのまま委員会へ行ってください。遅刻しては生徒会の面子《メンツ》が潰《つぶ》れますからね」

「……わかった」

聖也は花藤に一礼してから生徒会室を出た。

別に将臣に聞かれて困る話ではないが、やはり幼稚舎から一緒にいる彼に、『番合わせ』が、実は聖也が童貞であるのに起因していることを知られるのは躊躇《ためら》いを覚える。

生徒会室から逃げられ、聖也はホッと息を吐いた。しかしドアが閉まる瞬間、将臣の鋭い双眸がこちらに向けられていたことには、まったく気づかなかった。

＊＊＊

「さて……と、花藤悟君だったね」

ドアが閉まり、聖也が出ていったことを確認し、将臣は傍らに立っていた花藤に視線を移した。

「なんですか？　風紀委員からの報告なんて、嘘《うそ》ですよね。今朝、すでに連絡を貰っていますから。本当は聖也先輩に関係しているんじゃないですか？」

すでに花藤は臨戦態勢で、棘《とげ》のある言い方で将臣に向かってくる。将臣に対抗しようとする彼に思わず小さく笑ってしまった。

「どうしてそう思う？」

「会長がこうやって直接動くのは聖也先輩のことだけだからですよ。聖也先輩に手を出そうとしている生徒を何人も追い払っているのも知っていますよ。現に今も、僕にそうしようとしている」

「フッ、君の頭の回転が速くて助かるよ」

将臣の言葉と同時に、グォンという地鳴りのような音が響く。刹那《せつな》、生徒会室の空気が大きく震えた。重力が覆され、一瞬、躰が宙に浮くような錯覚さえする空間と化す。

「あっ……」

花藤は立っていられず膝をつくが、それでも尚《なお》、将臣を睨みつけてくる。それを正面から受け止めながら、将臣はさらに笑みを深くした。

「だが、私に盾突くのは感心しないな」

花藤を見下ろして言ってやると、彼が息苦しそうに喋《しゃべ》った。

「な……どうして、躰が動かないんだ。どうなって……くっ……」

花藤がさらに体勢を崩すのを、将臣は冷ややかに見ていた。聖也に手を出す輩に容赦はしない。力の差を見せつけてやるだけだ。アルファよりも上の最高種の力を――。

将臣はスッと双眸を細めた。

「花藤君は東條の家の者だ。なら、知っているだろう？　アルファの上にまだもう一つのバースがあるということを……」

「……エクストラ・アルファ……のことですか？」

花藤の表情がわずかに固くなる。

エクストラ・アルファ――。

それは種の頂点とされるアルファを凌駕《りょうが》する進化形アルファ。

現在、世界で十人ほど確認されているバース性最高種である。そのフェロモンは特殊で、性的なものだけでなく、相手を服従させるという力を伴っている。

たとえアルファであろうが、エクストラ・アルファが相手だと本能的に隷属し、ひれ伏すのだ。

「東條家に……うっ……エクストラ・アルファが……た、誕生していたなんて……聞いたこと……ありま……せんっ……」

「ああ、そうだな。極秘だからな。東條家の本家の、しかも嫡男がエクストラ・アルファだと知られたら、東條グループの総帥の座など私だと決まったようなものだろう？　他のアルファの戦意喪失に繋《つな》がる。たとえ総帥が私だと決まっていても優秀なアルファは東條グループには必要だ。だから現総帥からエクストラ・アルファについては緘口令《かんこうれい》が敷かれている」

「そんな……嘘……」

「嘘？　オメガの君でも私の力が他のアルファと違うことくらいわかるんじゃないか？　君も実際、今、私の力で躰が動かない。それでも嘘だと思うのか？」

「うっ……」

花藤が喉《のど》を押さえた。どうやら力が強すぎたようだ。将臣は仕方なく力を弱めた。すぐに花藤が大きく喘《あえ》いで、床に倒れ伏した。

「聖也に求婚したことは永遠に許さない」

吐き捨てるように告げると、どうしてか花藤が笑い出した。

「は、ははっ……」

気でも狂ったのだろうか。それならそれで、これから先、聖也に近づけないように病院に監禁してやるだけだ。

「あなたはエクストラ・アルファ」

花藤は上半身を起き上がらせながら、将臣に対峙した。

「そうだ。それがどうした」

「残念ですが、会長、同じアルファの聖也先輩の運命の『番』になることは、あなたにはできないんですよ。『番』とは、アルファとオメガという種族であるからこそ成り立つ運命の絆《きずな》です。あなたがどんなに欲しても、手に入れられません。オメガである僕こそが、聖也先輩に相応しいん……で……くっ！　あっ……」

花藤が再び床へ倒れた。

「はっ、懲りない男だな」

将臣は吐き捨てるようにそう呟くと、そのまま花藤の傍へと近寄り、足元で苦しんでいる彼を見下ろした。忌々しいこの男に、とどめを刺したいという衝動が湧《わ》き起こる。

「──エクストラ・アルファの力の一つに、『番』と決めた相手をオメガにする力があると言ったら、どうする」

「え……？」

彼の瞳が信じられないとばかりに大きく見開く。すべてを言わなくとも、何かを察しているのだろう。

将臣は変わっていく花藤の表情を見ながら、聖也を手に入れようという考えを持つ彼の思いを、完膚無きまで叩《たた》きのめしたいという欲望を募らせた。

二度と聖也に近づかせない。

どちらが強い個体か、思い知らせなければならない。

牡《おす》の本能が将臣を突き動かす。だから普段は告げることのない真実をこの目の前の男に告げた。

「私は聖也をオメガに変異させる力がある。たとえ彼がアルファとして覚醒したとしても、だ。彼は私の『番』だ。永遠の伴侶だ。奪おうとするのなら、容赦はしない」

将臣は自分の躰の芯《しん》から熱い息吹が芽生えるのを感じた。

エクストラ・アルファのただならぬ執着だ。

狂おしいほどの妄執が、愛する相手を番とすべくオメガへと追い落としていく。

エクストラ・アルファに執着された者は、運命さえ変えられてしまうと言われているが、まさに聖也はその通りになるだろう。いや、する。

聖也のすべては自分のものだ。誰にも渡さない——。

「な、まさか聖也先輩をオメガに……するつもり……」

花藤が信じられないとばかりに首を横に振った。だがそんな否定的な意見は認めない。花藤だけでなく、他の誰がなんと言おうとも聖也は自分の『番』だ。

将臣はエクストラ・アルファとなってから、ほぼ毎日聖也を隣に置き、彼の細胞の一つ一つに己の執着を染みつかせている。そんなことをし始めてからすでに五年以上経っていた。そろそろ彼が変異してもおかしくない時期だ。

その証拠に最近になって、聖也からわずかばかりだが、オメガ特有の匂いを感じることがある。周囲が気づかないほどだが、『番』である将臣にはわかっていた。

「そんなこと……許されると思っているんですか」

震える声で抗議される。あまりにも弱々しいそれに笑いが出た。

「許される、許されないなど私には関係ない。なぜなら聖也は私のものだからだ」

許しなど、誰にも請うつもりはない。

「僕があなたのしている卑劣なことを、聖也先輩に知らせます！」

「無駄だ。お前の意識はもう私の影響下に置かれている。聖也に今のことを話そうとしても、言葉が出てこない」

「な……」

花藤が大きく目を見開く。将臣はその目をしっかりと見つめ返した。

「力の弱いお前が、エクストラ・アルファの私に逆らえると思うな」

「そうやって聖也先輩を力でねじ伏せるつもりですか？」

「ねじ伏せる？　聖也は力のある強いアルファだ。私が五年以上もてこずるほどのな。お前とは違う。それに私は人形の聖也が欲しいわけじゃない。生きている、生意気で優しい聖也でないと意味がない。ねじ伏せるなんて、本末転倒な話だ」

聖也の意思で、愛が欲しい。

「本当に聖也先輩を愛しているのなら、こんなことできないはずです。彼の幸せを一番に願うのが本当の愛じゃないんですか」

「本当の愛？　笑えるな。本当に愛しているからこそ、誰にも渡したくないんだろう？　身を引くのは相手のため、と偽善をちらつかせるのは、自分に相手を幸せにできる自信がない奴らがすることだ。違うか？」

将臣の問いに、花藤の双眸が一段と鋭さを増す。だが彼がどう訴えようと、聖也を諦《あきら》める気はない。

それこそ自分がエクストラ・アルファとして目覚め、聖也がアルファになったことさえ、より強固な『番』となるための過程としか思っていない。

聖也と初めて会ったとき、この胸に恐ろしいほどの熱と痺れが走ったのだ。

聖也以外の『番』は考えられなかった。

「エクストラ・アルファには運命さえ味方するからな」

将臣はゆっくりともう一度、花藤を見下ろした。

■ Ⅲ ■

二、三日もすれば落ち着くと思っていた聖也の『番合わせ』の話題は、益々学園内をざわつかせていた。

決してこういう行事には出席しなかった複数名のオメガが、聖也が参加するならと『番合わせ』を希望するという事態も起こり、さらに話題を大きくした。

「貴島先輩、先日から噂になっている『番合わせ』で番を探すというのは本当なんですか？　ぜひお答えください！」

「いや、まだはっきりと決まってないから……」

学園内の新聞部に追いかけ回されること数回。数日前、アルファの寮の談話室でなんとなく話したことが、どうしてこんなに大きくなったのかと、同級生らを恨むばかりだ。

「はぁ……、週末、家に戻ってから卓さんに連絡を取ろうと思ってたけど、これは早めにアドバイスを貰ったほうがいいかもな……」

学園内を歩けば、好奇の目に晒《さら》され、少し精神的にも辟易《へきえき》していた。

唯一の救いは、絶対茶化してくるだろうと思っていた将臣が、意外と冷静であったことくらいだろうか。

下半身事情をいろいろと探られるかと思って身構えていたのだが、将臣は『大変だな』と一言呟いただけで、この事態をなんとも思っていないようだった。

「他人事《ひとごと》だと思ってるってことなんだよな」

それはそれで、茶化されるよりはましだが、一つ年下の彼に、何かを期待していた自分がいたことにも気づき、情けなくなって軽く頭を左右に振った。

校舎内でスマホによる通話は禁止されているので、聖也は体育館と校舎を繋ぐ渡り廊下でスマホに電源を入れた。

社会人である卓に、そうそう電話をかけられないので、とりあえずＳＮＳで相談がある旨を送信した。するとすぐに返事が来た。

『今、聖也に電話してもいいか？』

『大丈夫です』

聖也もすぐに返事をした。すると送った途端、電話がかかってきた。

『どうした？　平日に連絡してくるなんて、珍しいじゃないか』

「卓さん、忙しいのに、すみません。今、大丈夫だったんですか？」

『ああ、ちょうど休憩していたから大丈夫だ。どうしたんだ？』

聖也は今回のことをとりあえず、かいつまんで説明した。

『なるほどね。まあ、お前も三年生で、今年度で卒業だしな。皆、これがお前に告白、もしかしたら抱いてもらえる最後のチャンスとばかりに焦ってるんだな。いいじゃないか。もてて、選《よ》り取り見取りだろ？』

「よくないですったら。こんなことで時間を潰されたくないですよ。もう、卓さんも他人事だと思って……」

『はは……。でも将臣君は煩いんじゃないか？　いろいろ干渉してきそうだしな、彼』

「それが意外と無関心で、大変だな、の一言だったんですよ」

『ふぅん。珍しいな。将臣君が聖也に無関心なんて……。まあ、でも彼もそろそろ自分の立場に気づいてもいい頃か』

卓が何やら意味ありげなことを呟く。

「何か、将臣にあったんですか？」

『いや、別に。彼もやっと本家の嫡子として自覚を持ち始めたのかなって思っただけだ。それで、聖也は俺に何を聞きたいんだい？』

「あ……」

そうだった。今日、わざわざ連絡を取ったのは、相談するためだった。

「その……卓さんは……在学中に『番合わせ』とか……しょ、処置室の授業を受けたことがありますか？」

『ああ、あるよ』

即答すぎて、聖也のほうが恥ずかしいくらいだ。心臓がどきどきしてくる。

「率直に言って、卓さんも、こういうこと、在学中にしておいたほうがいいと思いますか？」

『逆に聖也はしたくないのかい？』

え――？

卓の質問にドキリとした。

したくない――？

したいとか、したくないとか、そんなことを考えてみたこともなかった。なんとなく義務みたいな気がして、するべきなのかなと曖昧《あいまい》な感じでいた。だから卓に助言を貰いたいと思ったのだ。

「そういうことをあまり考えたことがありませんでした」

『そうか……。オメガはアルファを誘うフェロモンを出しているだろう？　学園内にいるなら、尚更、そのフェロモンの影響を受ける機会が多いから、大抵のアルファはしたくなるのが普通だと思うよ。だけど聖也はその気が起きない。要するにオメガのフェロモンが効かない。もしかしたら、何か病気ではないにしても、理由があるかもしれない。心配だからこの週末、ゆっくり話を聞くよ』

「ありがとう、卓さん……」

どうしてか、先ほど卓の質問にドキリとしてからドキドキという胸の鼓動が止まらない。次第に全身が心臓になったかと思うほど、鼓動が大きく反響し出した。

恥ずかしい話をしていたから、胸がどきどきしていたのかと思っていたが、そうではない気がする。どこか躰がおかしい。

「っ……」

『どうした？　聖也』

「すみません、ちょっと体調が……。また後で……連絡します……っ」

どうにかスマホを切って、その場にしゃがみ込む。だがそれでも辛く、地面に崩れ伏した。完全に躰がおかしかった。

ドクドクドクドクドクッ……。

鼓動が速くて呼吸が苦しい。

熱い。躰の芯が燃えるくらい熱い。

「くっ……」

とうとう声が出てしまった。心臓が炙《あぶ》られるような、どうしようもない不快感。

「どうしたんですか？　聖也先輩！」

遠くで声がした。いや、遠くないのかもしれない。距離感も把握できなくなってきた。

それにその声も膜がかかったように、はっきりと聞こえない。

「大丈夫ですか？　先輩っ！」

誰かが躰に触れる。途端、背筋からぞくぞくっとした甘い痺れが湧き起こった。

「あっ……」

なんだ――？

「聖也先輩……？　オメガ？　いや、先輩はアルファのはず、ですよね？」

わけのわからないことを頭上で言われるが、脳が溶けそうなほどの熱に、まともに答えることもできなかった。すると複数の生徒が寄ってくるのを肌で感じる。

「お前、何言ってるんだよ。先輩はアルファだよ。だって、俺、今、聖也先輩に近寄っただけで、鳥肌が立つほど威圧されるもん。この感覚は格の高いアルファの力に違いないよ」

「でもこの匂いは……」

匂い？

「まるでオメガ特有のフェロモンみたいだ……」

「これ、やばい。離れないと駄目だ！」

一人の学生が声を上げた途端、一斉に学生が聖也から離れた気がした。

オメガ？

誰が？

「聖也――っ！」

そこに大きな声がまっすぐ聖也の鼓膜に届いた。

将臣、駄目じゃないか……。みんながいる前では名前は呼ばないんだろう？

そんなどうでもいいことを思いながら、聖也がどうにか顔だけでも声のしたほうへ動かそうとしていると、いきなり抱き上げられた。

え……？

気づけば将臣の胸に頭を預けていた。

「貴島さんは最近オメガの学生に囲まれていたから、きっとフェロモンに中《あ》てられたんだ。

保健室へ連れていく」

「ああ、だから匂いが移ったんでしょうか？　かなり匂いますから」

「そうか、君たちにもわかるんだな」

「あ、会長、私たちが貴島先輩を運びます。お一人では大変です」

「これくらい大丈夫だ。君たちはもう戻ってくれ」

将臣の言葉が急に深く聖也の脳内に届く。それはここにいる生徒全員も同じだったようで、すぐに道を開けた。まるで操られてでもいるようだ。何か力を感じる。

なんだろう、この絶対逆らえないような威圧感みたいな、普通じゃない力……。

ふわふわとした頭で考える。だがその思考はすぐに止まる。なぜだか、将臣から嗅《か》いだことのないような香りがしたからだ。

なんの匂いだ？　この甘くて芳しい香り……香水？

「まさ……お、み……」

どうしてこんな匂いがするのか尋ねたいが、狂おしい熱で名前を呼ぶのが精いっぱいだ。

だがこの匂いを嗅ぐと、さらに鼓動が激しくなり、心臓が締めつけられるように痛む。

ぞくぞくとした意味のわからない熱を滾《たぎ》らせたマグマみたいなものが聖也の躰を呑み込もうとしてくるのだ。

「あっ……ん」

「そんなに色っぽい声を出すな。我慢できなくなる」

誰にも聞こえないくらいの小さな声で囁《ささや》かれる。先ほどまで誰の声もしっかり聞こえなかったのに、将臣の声だけははっきりと聞けた。

将臣は手早くどこかへ電話しているようだった。すぐに電話を終えると、聖也に言い聞かせるように話してきた。

「うちの車に迎えに来させる。このままうちの別邸に行く」

別邸？

「なぜ……」

「まだ鼻のいいアルファしか気づいていないが、お前の躰から匂いが溢《あふ》れ出ている」

「匂い？」

匂いと言えば、お前のほうが強い匂いがするぞと言いたいが、口が上手く動かず、伝えることができない。

「あと一時間もしないうちに、お前の力に相当するフェロモンが溢れる。そうなるとこの学園の全生徒に大きな影響を及ぼすことになる」

「フェロモンが……溢れ……出る？」

全生徒に影響ということは、アルファに強く靡《なび》くオメガだけでなく、アルファもベータも惹きつけられるということだろうか。

でも、どうして――？

「よく意味がわからないという顔をしているな。大丈夫だ。すぐに嫌でも意味がわかる」

将臣は聖也を横抱きにしたまま、正門へと出た。すでにそこには黒塗りの東條本家の車が停まっていた。助手席から使用人らしき男が出てくる。

「将臣様」

「ご苦労だった」

一言交わしただけで、将臣は聖也を後部座席に乗せた。柔らかなシートに躰を預け、聖也はやっと口を開くことができた。

「将臣……躰が……変だ……」

「わかっている。それも今から解決する」

「あ……」

そっと将臣が背中をさすってくれた。それだけでぞわぞわとした寒気が聖也を襲う。耐えるためにきゅっときつく目を瞑《つむ》ると、将臣に肩を抱かれた。

「すぐに着く。もう少し我慢しろ、聖也」

「将臣……」

名前を呼ぶと将臣がそっと唇を重ねてきた。

ん……。

じわりと熱が唇から染み込んでくる。だが燃えるように熱かった躰が少しだけ鎮まったような気がした。

もっと——。

脳の奥からそんな声が聞こえた。将臣にも聞こえたのか、さらに口づけを深くする。

「あっ……」

キスの合間に吐息とともに声が零《こぼ》れ落ちてしまう。それさえも惜しむように将臣は何度も唇を重ねてきた。

運転席、助手席には東條家の使用人がいるのに、そんなことなど気にする様子もなく、将臣は聖也にキスを繰り返した。

「聖也——」

心臓が蕩《とろ》けそうな甘い声が聖也の鼓膜を擽《くすぐ》る。下肢が重く痺れた。将臣の匂いが車内に充満して、頭がくらくらしてくる。

「まさお……み……」

力なく彼の胸に躰を沈め、聖也は焦がれるような熱に耐え続けた。

＊＊＊

東條家の別邸に着くと、聖也はゲストルームらしき部屋へと連れてこられた。

車で揺られていたときよりも、さらに症状は酷くなり、聖也の心臓が激しい鼓動に煽《あお》られ悲鳴を上げ出していた。呼吸が苦しく、息遣いも荒くなってくる。

まるで奇病にでもかかったような気がしてきて、さらなる不安に苛《さいな》まれた。

「怖い……将臣……っ」

「大丈夫だ。俺がついている」

「……どうしてこんなところに？　何かあるのか？　僕はどうしたんだ？」

わけのわからない状況に益々不安が募る。怖くて胸が押し潰されそうだ。

「ここでしばらくお前は俺と過ごすんだ」

「過ごす？　明日も授業があるんだぞ？」

そう言ってみたものの、この状態では明日の授業に出るのは無理そうだ。

こうやって話している間にも、熱を帯びた血がどくどくと音を立てて聖也の全身に巡り、躰が燃えるように熱い。それに荒々しい血流の波に反応し、どうしてか下半身が勃《た》ちかけていた。

「学園には東條家から連絡させてある。聖也は何も心配しなくていい」

本当に将臣はこの症状がわかっているのだろうか。勘違いしているのではないだろうか。

聖也は不安になるばかりで、必死で訴えた。

「将臣、なんだか躰がおかしいんだ。医者を呼ん……っ……あっ……」

刹那、今まで感じたこともないほどの鋭い痺れが聖也の脳天を一気に貫く。その場で倒れそうになるが、将臣がすぐに手を差し伸べ支えてくれた。

「聖也！　大丈夫か？」

「ああっ……」

将臣に触れられたところから、ざわざわと肌がさざめく。その淡いさざ波は末梢神経を刺激し、またもや聖也の下半身にダイレクトに伝わってきた。何もかもが劣情へと反応する。

どうなってるんだ――？

「あっ……」

射精しそう、と思った。何もしていないのに、こんな衝動おかしい。

聖也は将臣に縋るように目を向けた。彼がどうしてか笑っているように見える。いや実際は笑ってないのだが、その目に悦びの焔《ほのお》が灯《とも》っているのを見逃せなかった。

「ま……さおみ？」

「発情期だ、聖也」

発情期――？

一瞬意味がわからなかったが、すぐに言葉を理解する。だが自分とはまったく無関係の単語に違和感さえ覚えた。

発情期がどうかしたのか？

発情期とはオメガの症状だ。

それが今の僕とどう関係するんだ？

「お前の躰はオメガに変異している」

「変異……？」

「何万人かに一人の割合で、アルファが突然変異でオメガになることがある。聖也はそれにあたるようだ」

「え……」

自分がオメガ――？

「とりあえず、今はその発情を鎮めるしかない」

「鎮めるって……」

嫌な予感がした。咄嗟《とっさ》に、ゲストルームの隅に置かれているベッドが視界に入らないように、将臣の視線を自分に誘導した。

「将臣、ちょっと待て。そんな何万人に一人なんて症状が僕に現れるなんて、ありえないだろう？　もっと別の病気……っ」

将臣が制服のジャケットを脱ぐ。そのままネクタイを荒々しく緩めた。

「な……何をしている、将臣」

どうしてか急に目の前の男が将臣ではない男のような気がしてきた。

本当にこの男は将臣なのか——？

彼が一歩、聖也に近づく。途端、ぶわっとアルファのフェロモンが彼から溢れ出た。今にも獲物に牙《きば》を立てんばかりの肉食獣のような空気を孕《はら》んでいる。

「観念しろよ、聖也。もう俺に食われるしかない」

「な、何を言って……る？　ま、さ……おみ……僕はアルファだ。君に食われるって、アルファの同性同士だ。ありえない……ありえない、将臣」

将臣が聖也を捕えようと、その手を伸ばしてきた。

「──聖也、お前は俺の『番』だ」

「っ……」

聖也は恐ろしくなって、熱で痺れて思うように動かぬ躰を奮い立たせ、懸命に将臣から逃げた。一つ年下の男をこんなに怖いと思ったことは今までなかった。

「どこへ行く？　部屋にはお前を守るため鍵がかかっている」

外へ逃げようとすると、将臣が楽しげに告げてきた。

「僕を守る……ため？」

部屋に鍵をかけて、閉じ込めているのに、これのどこが守るというのだろうか。

聖也はドアを背にして、将臣に向かい合った。一瞬でも隙《すき》を見せたら駄目だ。

「お前のオメガのフェロモンの力は絶大だ。アルファとしての力がプラスされているからな。多くの輩が惑わされてお前を襲ってくるだろう。そのために発情期が終わるまで、この部屋にお前を監禁する」

「か……ん、きん？」

「発情期が終わるまで、ここから出さない。お前を他の人間に触れさせるものか」

いきなり将臣が距離を縮めてきた。腕を取られ、引っ張られる。抵抗する力もほとんどない聖也をベッドに運ぶことなどたやすいとばかりに、将臣はそのまま聖也をベッドの上に押し倒した。

「将臣っ！」

悲鳴に近い声で彼の名前を叫んだ。だが将臣は聖也の恐怖を理解できないのか、その摑む手に唇を落とした。

「将臣、目を覚ませっ！」

「覚ましているさ、これ以上ないくらい。自分の『番』を前にして、頭は冴《さ》え渡っている」

「な……そんな……、どうしてこんなことに……」

混乱する。

「俺が責任を取る。聖也ももう限界のはずだ」

限界……。

将臣の真剣な瞳に聖也の快感に悶《もだ》える姿が映る。完全に発情したオメガのそれだった。

理性が音を立てて崩れていく。この容赦ない崩壊がオメガゆえの性なのか。

とても一人だけではこの不安を抱え切れなかった。最後のプライドも砕け散り、目の前の将臣にとうとう助けを求めてしまう。

「あ……まさ……おみ、どうしたら……っ……もう、わからない……っ、どうしたら、いい……」

将臣の眉間に皺が寄った。そして聖也の頰に指先を這《は》わせてきた。

「初めての発情期だから、怖いんだな。大丈夫だ、聖也。俺が傍にいて、全部面倒をみるから。一人じゃないから——不安になるな」

「将臣……」

将臣の指が聖也の制服にかかる。今までとは違って、まるで壊れ物でも扱うかのように、優しく触れてくる。

鼓動が彼の体温に共鳴する。将臣が聖也に触れるたびに、鼓動がもっと触れてと訴えるように高鳴る。

将臣の指が聖也のトラウザーズのベルトを器用に抜くと、ジッパーを下ろし、中ですでに膨らみ始めていた劣情を摑み出した。

ひんやりとした将臣の手に、己の軸を包み込まれ、聖也は甘く悶えた。

「ああっ……あっ……」

「聖也はこんなところまで綺麗にできているんだな。想像以上だ」

将臣が肉欲に舌を這わせた。途端、聖也の脊髄《せきずい》に凄《すさ》まじい痺れが走る。

「はあっ……ふっ……そんなとこ……舐《な》め……な……ああっ……」

他人にそこを敢えて晒したこともなかったのに、いきなり舐められるとは思ってもいなかった。

「あ……まさ……だめ……出る……放し……て」

すでに昂《たかぶ》っていた聖也の躰で、この強すぎる刺激はとてもではないが耐えられない。何もかも初心者なのだ。簡単に陥落させられる。

「あああああっ……」

あっという間に聖也は達してしまった。破裂したように飛び散った精液が、将臣の端整な顔につく。将臣はそれを手で拭《ぬぐ》って舌先で舐め取った。

「聖也、まだ舐めただけで咥《くわ》えてもいないのに、達するなよ。飲めないじゃないか」

「な……」

この男は、何を飲むと言うのだろうか。恐ろしくて想像もできない。

一度達したことで、少し冷静さが戻ったが、その気持ちとは裏腹に、躰は再び勝手に快感に痺れ始めている。気持ちと躰がバラバラで、情欲は聖也の気持ちを裏切って下半身に熱を集め出していた。

「お前……あっ……」

聖也が呻《うめ》くと、将臣が聖也の下肢から起き上がり、聖也の顔を覗き込んできた。

「発情期は一週間前後だ。まだまだ萎《な》えないだろう？」

そう言いながら、将臣は聖也の手を自分の胸に当てた。

「ほら、俺の鼓動もお前の鼓動と共鳴して、こんなにも速くしている。俺とお前、アルファとオメガのフェロモンが同調している証拠だ」

「あっ……くっ……」

聖也の首筋へと鼻先を埋《うず》めた。

「こんなに俺を誘うフェロモンはない。俺を誘惑できるオメガなんて滅多にいないから、お前は相当な力のあるオメガだ」

「くっ……こんなところで、お前のアルファの力の強さを自慢するな」

「ふっ、俺にまだそれだけの減らず口が利けるなら、大丈夫だってことだな」

聖也の体臭を嗅ぐかのように、将臣が首筋で大きく息を吸い込む。だが、同時に将臣の匂いもより濃くなり、聖也の鼻を刺激し、そして快感をより強く感じさせる。

「この共鳴――。こうやって肌を合わせて確信した。お前はやっぱり俺の運命の伴侶、『番』だ」

「……莫迦な」

自分はアルファだ。オメガじゃない。将臣とは幼稚舎の頃からの幼馴染《おさななじみ》で、アルファとして能力を競い合う好敵手だ。確かに友人という枠に入るかもしれないが、『番』などという絆を持つ繋がりなど想定外だ。

「今から信じさせてやるさ」

言葉と同時に、噎《む》せ返るようなアルファのフェロモンが辺りに充満する。

将臣のような強いアルファの、本気のフェロモンを直《じか》に受けると、オメガは勿論《もちろん》のこと、力の弱いアルファやベータまでもが失神させられる。

聖也は必死で気を失わないように、己の意識を手繰り寄せた。だが将臣はそんな聖也の必死さを嬉しそうに見つめ、唇に笑みを浮かべた。そして再び聖也の男根に舌を這わせ、そのまま先端をきつく吸ってきた。

次の瞬間、一気に愉悦が聖也の下半身に集中し、膨れ上がった。

「ああっ……いや……っ……どうして、こんな……っ……ふっ……」

今、吐精したばかりなのに、またしたくなる。淫らな喜悦が怒濤《どとう》のように押し寄せ、躰の中で渦巻く。そしてまた熱が濁流となって屹立《きつりつ》の先端から噴き出した。

「あああっ……」

今度こそ、将臣の口腔《こうこう》へ己を勢いよく放ってしまう。びしゃびしゃという音とともに、彼の喉が波打つのを、聖也は信じられない思いで見つめた。

将臣は聖也の淫蜜を躊躇《ちゅうちょ》することなく飲み込んでいく。

「ああっ……」

最後の一滴まで飲み尽くそうとばかりに、きつく吸い上げられ、ようやく解放された。

「あ……んっ……」

変な声が出てしまう。下肢が甘く痺れて、ぐったりと躰をシーツの上に晒した。もう一ミリも動けなかった。

「意外と飲めるもんだな」

将臣が精液で艶《なま》めかしく濡れた唇を手の甲で拭い取りながら、聞くに堪えないことを言う。

「なんで、なんで……」

頭が真っ白で、それ以上の言葉が紡げない。

本当に僕はオメガになったのか――？

認められない事実に目を瞑りたくなる。

「あっ……」

隙を見せた間に、将臣が聖也の昂る欲望の両脇についた袋を、いきなり指で揉《も》みしだき始めた。今まで感じたこともないような甘く、それでいて狂おしいほどの快感が聖也の官能を刺激する。

「あああっ……あああっ……」

さらに将臣のもう片方の手は、器用に聖也の制服を脱がし始めた。

「あ……将臣……」

駄目、と言いたいのに、オメガの本能なのか、このまま流されたいという思いが強くなり、言葉が胸の中に閉じ込められる。

頑丈な欲望の鎖で理性が繋がれ、躰の中に囚《とら》われる。代わりに本能のままの自分が殻を割って顔を覗かせた。

「あっ……」

何もしていないのに、次から次へと溢れ出る快感に気が遠くなる。躰の芯が灼熱《しゃくねつ》に晒され、内側から快感を燻《いぶ》されているようだ。

喉が張りつき、どうしようもない飢えを感じる。何度も何度も頂点を極め、達《い》きたい。熱をすべて外へ出したい。

ただそれだけしか考えられなくなってしまう。頭の中が達くことのみを望み、他のことをすべて拒否する。快楽が、快楽だけが欲しい――。

これが発情期というものなのか。

将臣の手入れのされた指が、すでに裸に剝《む》かれた聖也の内腿《うちもも》を撫《な》でてくる。それだけで心臓が飛び跳ねそうになるほどの快楽がせり上がってきた。

「ああぁっ……」

我慢できず声を上げると、将臣の顔がすぐ傍まで近寄ってくる。そのまま歯列の隙間から彼の舌が滑り込んできた。車でしたキスとはまったく違う、深く貪《むさぼ》るようなキスだった。

聖也の何もかもを奪おうとする熱が唇から与えられる。

口内を蹂躙《じゅうりん》されたかと思うと、舌が絡んでくる。どうにかしてその執拗《しつよう》な舌から逃げようとするが、すぐにまた絡めとられ、引っ張るように吸い上げられた。途端、ズクンと聖也の下半身に重い痺れが生まれる。

「んっ……」

力の入らぬ手で彼の胸板を押して、抵抗を試みる。手のひらからの感触で、まだ将臣は制服のジャケットだけ脱いだ状態であることを思い知る。自分は全裸で、彼に組み敷かれているというのに、だ。

「あっ……」

飲み込みきれない唾液《だえき》が聖也の口端から溢れ出す。それとともに、頭の芯が熱を持ってぼうっとしてきた。

まだほぼキスだけなのに、また聖也の躰は絶頂を極めようとしていた。

発情がひどく苦しいものだというのは、聞き知っていたが、これほどのものとは思ってもいなかった。

本当は誰にも抱かれたくないのに、どうしようもなく処置室へ行ってしまうオメガの気持ちが今ならわかる。

――――怖い。

自分がこれからどうなってしまうのか、考えただけでも怖かった。

将臣に今からされることもだが、この発情期を今回はなんとかやり過ごすことができても、この症状と一生付き合っていかなければならないと思うと、その覚悟が自分にはない。

「将臣――助けて……」

反射的に目の前の男に助けを求めてしまう。よく考えられない頭では、将臣にすべてを委《ゆだ》ねてしまうことでしか、今、この恐怖から逃れることはできなかった。

「大丈夫だ。聖也、お前のことは俺が全力で守る」

将臣が優しい声で告げ、聖也の顎《あご》を伝う唾液を舌で舐めとる。そして首筋に顔を埋めたかと思うと、そこにきつく吸いついた。刹那、躰の奥底が甘く震えた。

「あぁぁあっ……」

過剰に反応してしまう自分に当惑していると、首筋に熱い吐息がかかった。将臣が笑ったのだ。

「声を出していい。俺の前で我慢するな。すべてを曝《さら》け出せ。受け止めてやる」

将臣はそのまま鎖骨へと舌を滑らせる。舌のざらついた感じが、聖也の下半身を直撃し、再び頭を擡《もた》げ始める。

「んっ……」

くぐもった声が鼻から漏れる。将臣は聖也が感じていることを確認しながら、今度は聖也の胸に舌を這わせた。ねっとりとした生温かい感触が生まれる。将臣の長い舌が、小さな染みのような部分を執拗に舐めた。それはやがてぷっくりと膨らみ、小粒くらいの突起物へと変容した。

「あっ……」

聖也の乳首がこりこりと感じるほど芯を持ち、硬くなる。将臣の舌が絡むほど勃つ。

長い舌が乳頭を絡めとり、音を立ててしゃぶってきた。

女性と違って膨らみもない真っ平らな胸板に、バース性の頂点ともいえるアルファの雄が舌を這わせる光景など見たくはない。特に彼は東條家の御曹司だ。

彼は執拗に胸の飾りを責め、ここで感じるようになれるとばかりに、快楽を教え込もうとしてくる。容赦がなかった。

乳頭に歯を立てられる。激痛というほどではなかったが、そのまま引っ張られ、きつく吸われる。

「っ……あああああ……」

自分でも一際大きな嬌声《きょうせい》を上げたのが信じられなかった。だが声を抑える余裕もなかった。突然、恐ろしいほどの快感が聖也を襲ったのだ。それこそ下腹部が煮え滾るような熱が一気に爆発した。

「乳首で達ったのか？　聖也は乳首を弄《いじ》られるのが好きなようだな」

胸元で囁かれ、吐息が乳首に当たるたびに、じんじんと鋭い痺れが聖也を翻弄《ほんろう》する。

「こうやって捏《こ》ねても触れても気持ちいいか？」

乳頭を指の腹で柔らかく押し潰される。さらに指の股《また》で赤く腫《は》れた乳頭を挟まれ、こりこりと扱《しご》かれる。

「あっ……あああっ……ああっ……うぅぅ」

「いいようだな」

耳に舌を入れられながら囁かれる。聖也の全身がぞくぞくっとして鳥肌が立った。

「濡れてきたな」

「え……」

「私を受け入れる準備ができてきたということだ。普通の男ならないが、オメガの男は膣道がない代わりに、この肛門が分泌液で勝手に濡れるようになる」

そう言いながら、将臣はふと聖也の上から退《ど》いた。

え――？

いきなり彼が離れてしまい、聖也は彼の手を思わず引き留めてしまった。これでは抱かれたいと言っているようなものだ。いや、言っている。躰は聖也の心よりもずっと自分のことを理解している。

縋るような目をしているかもしれない。そんな目で将臣を見つめていると、彼が柔らかに双眸を細めた。聖也の心がほっと休まるような表情だった。

「大丈夫だ。どこにも行かない。お前をうつ伏せにしようと思っただけだ。いくら性的に才能が突出しているオメガでも、最初は後ろからのほうが楽だと聞いている」

東條家は閨房術《けいぼうじゅつ》の授業でも個別にあるのだろうか。意外と知識のある将臣に、驚きつつも安堵《あんど》する。するとすぐに将臣が言ったように、彼のほうへ臀部《でんぶ》を向けた状態でうつ伏せにされた。

「四つん這いになって」

四つん這いになると、ちょうど将臣の顔に尻《しり》を向けることになる。さすがにそれは抵抗を覚えたが、焦《じ》れったく思ったのか、将臣が強引に聖也の腰を抱え上げ、臀部をこちらに向けさせた。そして双丘の部分を撫でる。

「あっ……」

「聖也はどこもかしこも感じるんだな」

「そ……それは……っ……」

何度か双丘を撫でると、その指をするりと狭間《はざま》へと忍び込ませた。

「ここに、俺を挿《い》れるよ」

今まではそこに男を受け入れるとは思ってもいなかった場所を軽く指でノックされ、そのままクチュリと挿入される。

「あっ……抜いてっ……」

反射的に言ってしまう。だがここを使ってセックスをしなければ発情期が過ごせないことも充分わかっていた。

ああ……。

聖也はきつく瞼《まぶた》を閉じた。目尻から涙が滲《にじ》む。ここまで追い詰められた今の自分は、も

はや逃げることも嫌がることもできなかった。ただ後悔するだけで精いっぱいだった。

自然に濡れてしまっている蕾《つぼみ》から、てらてらと光る体液が染み出て、自分の内腿を濡らしているのが目に入る。

将臣の指がゆっくりと挿入される。不快感はあったが痛みはなかった。

「大丈夫そうだな」

そう確認して、将臣が指を聖也の中で掻《か》き回し始めた。

「はああっ……」

ある場所を擦《こす》られた途端、目の前に火花が飛び散るような感覚が襲ってくる。興奮でぶわっと涙が零れ落ちるほどだった。

「ここだな」

何がここなのだろうか。

聖也は恐る恐る将臣のほうへ顔だけ向けた。だが続いて将臣にそこを強く擦られ、嬌声を上げさせられた。

「あああっ……ふ……はっ……」

いつの間にか指が二本に増えているようだった。

内壁の襞《ひだ》が、指で押し広げられる感覚に、何度目かわからない射精感を覚える。

「もう……だめ……将臣……あっ……」

「今挿れてやる」

男の艶めいた声が聖也の鼓膜を擽った刹那。

指が引き抜かれ、今度は灼熱の楔《くさび》に貫かれる。将臣自身だ。

「ひっ……あああっ……」

躰を引き裂かれたような激痛が襲う。しかし聖也の躰は己を貫く硬い楔を、まるで待ちかねていたかのように、素直に呑み込んでいった。

「ああっ……ふっ……」

痛かったはずなのに、それはほんの一瞬で、奥へ進むにつれ、甘い疼《うず》きが隘路《あいろ》の肉壁を震えさせるようになってきた。

「そんなに待ち焦がれたように締めつけるな」

ぺちぺちと軽く臀部を叩かれる。それがびんびんと下腹部へ伝わり、射精してしまう。

「あっ……」

シーツに新たな染みができたのが目に入る。

「こんなに何度も射精してしまうなんて、聖也は感じやすいな。近日中に射精が我慢できるように、塞《ふさ》ぐピンを用意させよう」

「あっ……」

「きっと射精を我慢すると、もっと気持ちよくなるよ、聖也」

「ああっ……」

露《あら》わになった首筋に唇を落としながら、将臣が恐ろしいことを囁く。

聖也は射精をせき止められた自分を想像するだけで恐怖を覚えるのに、躰は恐怖という感情さえも快感にすり替えてしまい、淫らな熱が生まれ悶える。

将臣の腰が意地悪に動く。弱いところを何度もごりごりと強く擦りつけられた。

「やっ……」

狂おしいほどの愉悦が聖也の中で煮え滾る。奥まで突かれ、悦びを覚える。

こんなに気持ちいい場所が躰の奥にあるなんて、知らなかった。壮絶な痺れに躰を支配されたまま、聖也は理性を手放す。躰が熱くて、とても熱くて、すべてが熱で蕩けそうだ。

「あっ、あっ、あっ、あっ……」

喘ぐ声がスタッカートのようなリズムを刻み出す。もっと快感が欲しくて、自ら腰を振った。

「聖也、煽るな。これでもお前が処女だから、がっつかずに丁寧に抱いているんだ」

そう言って、聖也の腰を強引に引き寄せる。さらに奥へと彼の欲望が捻《ね》じ込まれた。

「あっ……もっと……奥まで突いて……ああっ……」

どこまでも奥へと入り込んでくる灼熱の塊にもたらされる過ぎた愉悦に、聖也は眩暈《めまい》さえ覚えた。

「あああああっ……」

もう何度達ったのかわからない。幾度も絶頂を向かえ、射精しているのに、終わりがない。永遠と思えるほど絶え間なく絶頂が続くのだ。快楽の沼底へ身も心も溺《おぼ》れる。

「あああっ……はあっ……」

気づけばベッドのシーツを白濁した体液でぐっしょりと濡らしていた。

今度こそ力尽き、シーツに崩れるようにして躰を沈めると、首筋を唇がなぞってくる。

将臣は未《いま》だ己を聖也から抜くことなく愛撫《あいぶ》した。

「もう、休ませて……」

「休んでいろ。俺は好きなようにさせてもらう」

将臣は聖也の腰を摑み上げると、己を挿れたままの聖也の臀部を持ち上げ、自分も起き上がった。聖也は顔をシーツにつけ、尻だけ上に向けた状態にさせられる。

そして将臣は己を聖也の蕾に押し込むように腰を動かし始めた。

「あっ……」

無理な体勢で、聖也が将臣を見上げると、ぬこぬこと将臣の劣情が聖也の蕾を行き来するのが見えた。

聖也の男根とはまったく違い、大きく膨らんだ将臣のそれを、聖也の肛門は易々《やすやす》と呑み込んでいる。その様子が卑猥《ひわい》で、とても正視してはいられなかった。

将臣の男根と、聖也の蕾が擦れ合うその摩擦のせいで、接合部から溢れた精液が泡立つ。ぐちょぐちょという音と感触も一緒に伝わってきた。淡い茂みに雫《しずく》が垂れる。

こんなに卑猥なことをされているのに、とても気持ちがいい。

やめてほしくなかった。もっと何度も擦ってほしかった。

「ああっ……いい……ああっ……やめないで……将臣っ……」

精液で湿ったシーツに頬を擦りつけ、与えられる愉悦に浸る。獣にでもなったような気持ちになった。

ただ、犯し、犯される——。

お互いに快楽の沼に沈んでいく。這い上がれないほどに。

息も絶え絶えになる頃、聖也の躰の奥で熱い飛沫《ひまつ》が弾《はじ》けた。将臣がやっと射精したのだ。奥がびっしょりと濡れる感覚に、聖也も一緒になってまた吐精した。何度射精しても止まらないし、足りない。

「まだ犯《や》り足りない」

おもむろに将臣はそう呟き、すぐに聖也の上に覆い被《かぶ》さってきた。

アルファの性欲は一度火がつくと、かなり強い。繁殖率が低いので、本能でセックスを何度もする傾向があるのだ。

将臣はアルファの中でもかなり力のあるアルファだ。たぶん聖也が知る中で一、二を争うだろう。その分、繁殖率も低く、そして性欲も強い。

「将臣――」

だがそのアルファの強い性欲を受け止めるのもオメガだからこそだ。アルファ同士よりも、さらに深い快感が得られる。

聖也は将臣の首に手を回し、誘惑した。

もっと蜜《みつ》を与えてほしい。アルファの子が孕めるほどにその種を中に注いでほしい。

自然とそんな考えが躰を支配する。聖也は自分の中でオメガのスイッチが入ったのを感じずにはいられなかった。

聖也もまた不敵な笑みを色香の滲む顔に浮かべる。

「当分、過ごすのはベッドの上だ。二人だけの一週間だ」

将臣は、手についた聖也の精液を聖也の背中に塗り込めるようにして撫で、そのまま己を抜くこともなく、再び腰の動きを激しくした。

＊＊＊

何日経ったのだろう。すでに日にちの感覚が希薄になっていた。

ずっと将臣とセックスをし続け、時々意識が朦朧《もうろう》としながらも風呂《ふろ》に入れられた。そこでもことに及ばれ、眠るように意識を失い、また目を覚ますと、すでにベッドの上で将臣の男根を咥えさせられ、組み敷かれていた。

そんなことが幾度となく繰り返され、食事も交接する合間に、不定期にとっていたこともあり、聖也は学園をどのくらい欠席しているのかもわからなくなっていた。

だが最初の頃に比べて、意識がしっかりしてきたのはわかる。膜がかかっていたような感覚は次第にクリアになり、発情期が終わりを告げるのを肌で感じていた。

「ああっ……」

自分で両足を左右に大きく広げ、将臣にその狭間で疼く蜜孔を見せる。挿れてと強請《ねだ》るように自分で孔に指を入れて、将臣を誘うことを教えられた。

「挿れてほしいんだな、聖也」

もう何度も突き入れられた将臣の屹立が、聖也の窄《すぼ》まりに当てがわれる。じんと深い疼きが白皙《はくせき》の秘部に生まれ、そこが貪欲《どんよく》にひくつくのがわかった。

「ここに挿れていいのは俺だけだ。絶対他の奴を咥え込むなよ」

そう言いながら、将臣が正面から聖也の望むままに貫く。お互い抱き合うようにして肌を密着させる。ちりちり焦げつくような、甘い疼痛《とうつう》が肌を通して聖也の神経を刺激してくる。

「ああっ……」

痛みなど微塵も感じなかった。挿れた瞬間から、目が眩《くら》むような快感しか生まれない。意識を飛ばしそうになっていると、首筋に一瞬鋭い痛みが走った。

ふと意識を手繰り寄せると、将臣が聖也のうなじまで首を伸ばし、そこに歯を立てていた。

『番』の契約――。

なんとなしに心の奥で、ぼんやりとそう思いながら、聖也は将臣を受け入れた。

ふわりとした浮遊感に目が覚める。どうやらまたセックスの最中に意識を失っていたようだ。

っ……。

目の前には将臣の凜々しい顔があった。

「あ……将臣……」

「目が覚めたか？」

どうやらずっと聖也の寝顔を見ていたようだ。その事実に恥ずかしくて躰を反転しようとしたが、躰中がだるく、しかも熱を持ったように痺れて、まともに動くことができなかった。結果、将臣の腕の中で身じろいだだけである。

そんな聖也の首筋に将臣は鼻先を寄せると、スンと鼻を鳴らした。

「もうフェロモンも薄まっているな。匂いも俺がどうにか嗅げるくらいで、他の奴に気づかれない程度に収まっている」

「発情期がやっと終わったのか？」

「ああ、よく耐えたな、聖也」

優しく言われ、どうにも彼の顔がまともに見られず、聖也は視線を逸《そ》らした。

「うなじを噛んだから、フェロモンも消えたのかもしれないな」

うなじ――――！

　聖也は意識を失う寸前、将臣が自分のうなじを噛んだことを思い出した。

「お前っ……何をやってるんだ。もし僕と本当に『番』になってしまったら、大変じゃないか！」

「大変？　何が大変なんだ？　大変なことは何もない。聖也、俺はとりあえずうなじを噛んだが、噛まなくても、お前が『番』だって、すぐに確信したぞ」

「お前は東條本家の人間で、東條グループ総帥の最有力候補とされているんだろう？　僕みたいな分家の男なんて反対されるに決まっている。お前にはもっと東條グループに相応しい令嬢がいるはずだ。それに『番』なん……」

　将臣は聖也の唇に人差し指を当てて言葉を止めると、はっきりと告げた。

「お前以外に俺の『番』はいない」

「ま、将臣……」

「大丈夫だ。誰にも反対はさせない。反対する者がいたら容赦しないさ」

「もし僕がアルファだったのが、いきなりオメガになったのを可哀想《かわいそう》と思っての言動だったら、僕が突然オメガに変異したことで、将臣が巻き込まれることはない。これは僕個人の問題で、将臣が背負うべき問題じゃない」

「そうやって俺を蚊帳《かや》の外に出すな。それに俺は可哀想とも、巻き込まれたとも思っていない。それよりも俺がお前に求婚できるチャンスがやっと巡ってきたと思っている」

「求婚……？」

「それにうちは大丈夫だ。むしろアルファオメガの『番』を得たことに喜ぶだろう」

「アルファオメガ？」

聞き慣れない単語に、聖也は首を傾げた。

「ああ、そのことについて、今から厚生労働省管轄のバース医療センターに行かないとならない。バース登録の変更も含め、お前の両親にも説明しないとならないからな」

何もかも将臣が把握しているようで、逆に少し不安になる。

どうしてかわからないが、何かが引っかかる。

たとえばどうしてそんなに嬉々《きき》として語るのか。たとえばどうしてこんなに用意周到なのか。この別邸の準備といい、突然オメガに変異したのに、何もかも用意されていたように思えて仕方がない。

一体――。

聖也は少し恐怖を感じながらも、将臣の顔を見上げた。

約百年前、地球上で雄雌の他にバースという性別を持つ人間がいることが発見される。

彼らを新人類と呼び、初めこそ異端児として扱われていたが、時代が進むにつれて、次第に新人類と呼ばれる人間が、人口のほとんどを占めるようになってしまった。

現在日本においては、厚生労働省管轄のバース管理局で、日本人のバースを管理している。

＊＊＊

日本の各政令都市には、厚生労働省管轄のバース医療センターがあり、そこでバース性による体調不良や発情期治療をするようになっていた。

聖也は将臣に伴われて、都内のバース医療センターに来ていた。東條グループの圧力がかかったのか、検査結果はすぐに出た。

「貴島聖也君のバース結果ですが、アルファオメガに変異されていることが確認されました。法律により、アルファオメガの説明をさせていただくために、ご両親にも来ていただきました」

診察室には神妙な顔をした両親が座っていた。聖也は将臣に促されて、その隣に座った。

「アルファオメガについては、国家機密にあたるバースのため、皆様の耳にはあまり入らない単語かと思います。簡単に言うと、アルファであり、オメガであるというキメラ型の稀少種になります」

アルファオメガ。

別邸でも将臣が口にしたバース性だ。聖也は医者の言葉をしっかり聞いた。

アルファオメガというのは、アルファとオメガの性質を両方とも持ち合わせたバースで、ここ近年、稀に現れる新しいバースらしい。

本来繁殖率の低いアルファが、繁殖率の高いオメガの性質となり、しかも産み落とす子は一〇〇%アルファなので、多くの人間が手に入れようと躍起になっている非常にレアなバースという説明を受けた。

近年、闇《やみ》組織での人身売買でもアルファオメガは高額の値で取引されていることもあって、人に知られると危険に晒される可能性が高くなるバース性でもあった。

そのため、アルファオメガは国家機密レベルで、国の保護下に入るとのことだった。

要するに確実にアルファを産むアルファオメガは、政府にとって金の卵を産むガチョウのようなものなのだろう。

「――そういうことから、アルファオメガは完全に国の管理体制に置かれ、特別保護の対象となります。多くの面で優遇されますが、一般人よりも行動が制限されます」

今まで他人事だったオメガが、自分の身に降りかかり、聖也は改めて不安になる。きっと近々、花藤の憂いていたような扱いを受けることになるのだろう。

しかもただのオメガではなく、身の危険もあるアルファオメガなのだ。不安は増すばかりだ。

「僕はどうしたら……。アルファオメガであるという秘密も抱えて生きていくなんて」

震える声で独りごつと、将臣がそっと肩を抱いてきた。

「大丈夫だ。お前がアルファオメガだということはお前の家族、そして東條本家と国家組織だけの秘密だ。お前は今まで通り、アルファの特進クラスにいられるし、処置室など使わせたり、抑制剤を飲むようなことはさせない。これからもアルファのままでいられるよう手配する。だからお前は何も心配するな。俺が絶対守る」

「将臣……」

本当に将臣に頼っていいのだろうか。

「大丈夫だ、聖也」

再び大丈夫と言われる。すると本当に大丈夫のような気がしてきた。まるで洗脳のようだ。力の強いアルファは言葉にも力があるとされている。そのせいか、両親は将臣の申し出に、単純に手放しで喜んだ。

「ああ、よかった。東條家の将臣君にそう言っていただけるなら、聖也も安心して学園に通えます。よかったな、聖也」

父親に笑顔で声をかけられ困惑した。

どうしよう。ここで将臣と『番』になるかもしれないことを言わないといけないだろうか……。

この先、将臣の援助を受けるということは、彼の『番』として生きていくことを選択するようなものだ。

聖也はまだ将臣の『番』であることを信じきれないでいる。将臣は絶対にそうだと言うが、聖也にはわからない。

それに、アルファだった頃のプライドというのか、決して将臣とそんな関係になるとは思ってもいなかったのに、その将臣と『番』となって子を成す行為をしたとは、とても言えない。

自分は今までアルファで、子を孕ませる側だったのだ。孕む側になってしまったことを両親に改めて報告するのには勇気がいった。

それだけアルファからオメガへの変異は立場も環境も変わるのだ。まだそれを受け止める覚悟と勇気が聖也には足りない。

　すると医者がさらに説明を続けた。

「アルファオメガの『番』になる方も国家審査があり、承認された場合、アルファオメガの制約に準じていただくことになります」

『番』という言葉を聞いて、聖也の胸がひやりとした。『番』の話題ついでに、自分たちのことがばらされるのではないかと焦る。

　それと同時に、本当に自分はこのまま将臣と『番』になるのだろうか。彼にそれで迷惑をかけたりしないのだろうかという、根本的な疑問も解決していないことも、焦りに拍車をかけた。

「ただ、東條将臣さんのほうはエク……」

「アルファです」

　いきなり将臣が大きな声で自分のバースを告げた。

「私はアルファです。力の強いアルファですよ、先生」

「え？　あ……ああ、そうですね。東條将臣さんは力の強いアルファですので、聖也君の『番』になることには問題ないでしょう」

「『番』？　聖也、お前、将臣君の『番』になるのか？」

驚いたように口を開いたのは聖也の父だった。

「まだ決まったわけでは……」

知られたくないことを父に聞かれ、聖也は慌てた。この期に及んで、まだ自分は『番』になるかどうかに対して答えを出していないのだ。しかも『番』の儀式はしたが、本当に『番』かどうかは、次の発情期が来るまではわからない。

どう答えていいか、考えあぐねていると、将臣が間に入ってきた。

「そのつもりです。聖也さんには、我が東條家に正妻として嫁いでもらおうと思っております。ご報告が遅くなって申し訳ありません。まだ二人で決めたばかりなので、改めて正式にお願いに参りたいと思います」

な……。

聖也がまだはっきり決めていないというのに、将臣は勝手に『番』であることを告げた。

「そういうことでしたら、誠にありがたい話です。なあ」

父は隣に座る母にも同意を求めた。母はすでに嬉し涙を零し、頷いた。

「ええ、聖也がオメガになってしまって、これからどうしたらいいのか不安に思っていたのですが、将臣さんの……東條本家に嫁ぐことができるなんて、こんな夢のようなお話、ありません。よかったわ……本当によかったわ。聖也に、いらない苦労をさせずに済みます。ありがとうございます」

「母さん……」

どうしてか変な違和感を覚える。父も母も将臣の言葉に感化されすぎのような気がする。まるで操られているようにさえ感じた。

だがその一方で、母の思いに驚いたのも確かだ。自分が思う以上に親を心配させていることに気づき、聖也は抱いた違和感について、何も言えなくなった。

オメガになるということは、家族を悲しませることなのだ。

花藤のことが脳裏を過《よぎ》る。彼も東條家の分家に生まれ、将来を嘱望《しょくぼう》されていた。それがたった一つのバースのせいで、人生を大きく変えられてしまった。

世界を牽引《けんいん》することを嘱望されるアルファと、発情期のせいで、時には性奴隷のように表現されるオメガ。この差はあまりにも大きい。

結局、聖也は親にも将臣にも何も言えず、医療センターの検診を終えたのだった。

■
Ⅳ
■

黒塗りのセダンが音もなく大きな洋館のエントランスポーチ前へと停まる。すると屋敷から出てきた使用人が後部座席へと回り、車のドアを開けた。

「お帰りなさいませ、将臣様」

「ただいま、父さんは？」

「はい、書斎でお待ちになっております」

使用人の答えに将臣は軽く頷《うなず》き、屋敷――自分の家、東條家本宅へと入った。

明治時代に建てられた洋館は、外観は当時のままであるが、内部は近代風に改装したものだ。

将臣はアーチを配したエントランスを潜《くぐ》り、艶《あで》やかな臙脂《えんじ》色の絨毯《じゅうたん》が敷き詰められたロビーへと入る。祖父の時代から仕えてくれている執事を筆頭に、多くの使用人がロビーで将臣を迎えに出ていた。

「お帰りなさいませ。旦那様《だんな》がお待ちです。どうぞこちらへ」

そのまま執事に、二階の東側に位置する父の書斎へ連れていかれる。

「旦那様、将臣様がお戻りになりました」

「入りなさい」

飴《あめ》色の重厚な雰囲気のドアの向こう側から声がした。そのまま執事に促され、将臣は書斎へと入った。

「ただいま、戻りました」

挨拶《あいさつ》をし、正面の書斎机で仕事の書類に目を通している父親をまっすぐ見つめた。執事はそのまま書斎から出ていく。静かにドアが閉まる音が響いた。

将臣の父は現在東條グループの主軸となる会社の社長である。総帥の座に就いているのは分家出身の男であるが、東條本家ということと、やはりその優秀さで父も東條グループの中で一目置かれている存在だ。

「お呼びということでしたが、聖也のことでしたか？」

窓から差し込む陽の光に将臣は少しだけ目を細める。本の匂《にお》いがほどよくする書斎は、父のお気に入りの部屋でもあった。

「聖也君がアルファオメガに覚醒《かくせい》したという報告は貰《もら》ったが、その後、間違いなくお前が手に入れたのかどうかの報告がなかったからな。お前に限って、聖也君を逃すことはないと思うが、現状報告を兼ねて今日は呼んだまでだ。実際、どうなんだ、聖也君は東條本家に嫁ぐと言っているか？」

「はい。聖也自身はオメガに突然変異したことで、かなり混乱しておりますが、私の『番《つがい》』になることは概《おおむ》ね了承しております」

「それはよかった。アルファオメガの『番』は、エクストラ・アルファのお前に相応《ふさわ》しい。東條本家の嫁としては最高種だ。これで我が家には確実にアルファの孫が誕生することになるな」

「はい。それで父さん、以前からの約束ですが、私がアルファオメガを娶《めと》れば、その人間を正妻とし、誰《だれ》からもその他の愛人を強要されることがないことを、本家当主として保証してくれるんですね？」

エクストラ・アルファである将臣は、本来なら伴侶《はんりょ》を得ても、種の繁栄のため不特定多数の人間と性交をしなければならないという義務がある。

だが、聖也を娶るなら、他の人間を抱くようなことはしたくなかった。運命のまま永遠に聖也だけを愛したい。

「わかっておる。そのことについては誓約書を用意しておる。それにお前のことだ。その生まれ持った力で、愛人を紹介してくる親族を含め、格下のアルファ、ほとんどの人間を押さえつけられるだろうに。そうすれば早々に解決できるのではないか？」

父がそんなことを茶化したように言ってくる。半分本音であろう。エクストラ・アルファの力を知っている父だからこその言葉だ。

「平和的に解決したいのですよ。親族と無駄な諍《いさか》いをしたくない」

「賢明だな」

父は一言そう告げると、引き出しからディスクを取り出した。

「聖也君の身辺警護を充分にするように。周囲でそろそろアルファオメガの存在に気づき始めた輩《やから》が動いているようだ。私のほうも援助を惜しまない」

「これは？」

「本家、分家におけるトラブルをまとめたデータだ。誰が借金をしているか、暴力団との繋《つな》がり、その他、犯罪に結びつきそうなものを把握するのに使え」

「聖也が危ないと？」

手渡されたディスクから父の顔に再び視線を戻す。

「まだ確信はないが、お前も知っている通り、『番』のいないアルファオメガは、かなり身の危険に晒《さら》されている。闇市《やみいち》では平気で億単位の取引がされているようだ。たとえお前が『番』と言い張っても、マーキングも足りなければ、聖也君の次の発情期までは、世間的には『番』と認められないだろう」

わかっている。本能的に聖也が運命の伴侶、『番』ということは確信しているが、世間的には、きちんと発情期が来ないことを証明しないことには『番』とは認められない。

この二か月が聖也にとって、一番危険な時期となる。

「学園はセキュリティがしっかりしている。その上、寮も部外者が入れないように防犯システムも厳重だ。とりあえずは聖也君を学園から出さないようにしないといけないぞ、将臣」

「わかっています。週末も実家に戻らせないようにするつもりです」

「それがいい。念には念を入れなさい。後悔することは絶対にあってはならない」

「言われるまでもなく、聖也は命に代えても全力で守ります」

相当なリスクがあるとわかっていて、聖也をアルファオメガにしたのだ。そのリスクは将臣が負うつもりでいる。聖也には傷一つつけない。

将臣が決意を新たにしていると、父がふと笑ったのを気配で感じる。

「まずは、お前の力の見せどころだな」

息子の成長を確認するつもりなのだろう。

伴侶の一人さえもきちんと守れないのでは、伴侶を持つ資格はないのだから。それはまだ男として半人前というレッテルも貼《は》られることになる。

「ご期待に沿えるよう頑張りますよ」

将臣はそう言うと、父親をじっと見据えた。

＊＊＊

国家組織においてのすべての検査、そしてアルファオメガへの変更手続きを終えて、聖也がやっと学園に顔を出せたのは、倒れて将臣に別邸へ連れていかれてから丸二週間経ってからのことだった。

学園では聖也は疲労から風邪《かぜ》を拗《こじ》らせ、肺炎を引き起こしたことになっていた。

二週間、将臣と発情期を終えても、ほぼ毎日肌を合わせ、爛《ただ》れた日々を送っていたとは誰も思ってもいないようだ。

知られるわけはないが、聖也は安堵《あんど》の溜息《ためいき》を零《こぼ》した。

将臣は将臣で、学園に家の仕事で二週間ほど欠席する旨を伝えていたようで、長い間休んでいたわりには、学園に突然現れても、皆に普通に受け入れられていた。

「会長、家のお仕事の手伝いをされていたそうですね。お疲れ様です」

生徒会の定例会議も終わり、役員の一人、一年生の磯村《いそむら》が机の上のコップを片づけながら将臣に声をかけると、将臣は優等生の仮面をしっかりかりつけて答えた。

「ああ、今に始まったことじゃないが、父は人使いが荒いから参ったよ。君にもいろいろと留守の間、迷惑をかけたね」

スラスラと尤《もっと》もそうなことを口にする将臣に、同じ会議机に座っていた聖也は感心するしかない。

「いえ、こちらは大きな問題もなかったので大丈夫です」

憧《あこが》れの会長に心配してもらったことが嬉《うれ》しいのか、頬《ほお》を紅潮させて磯村が頷く。

聖也が、しっかりと優等生の顔をしている将臣を見て、『猫被《ねこかぶ》りが……』と心の中で呟《つぶや》いていると、将臣がちらりとこちらに視線を投げかけてきた。

「ああ、そういえば貴島さんも肺炎、大丈夫でしたか？　一度、仕事の合間にお見舞いに伺ったのですが、面会謝絶になっていていて、花だけ受付に預けたんですが、受け取っていただけましたか？」

「……ああ、ありがとう」

もちろんこれも全部嘘《うそ》だ。聖也の肺炎説を、皆により真実だと思わせるために、さりげなくそれらしいことを言い足したのだろう。しかもちゃっかり花を贈ったことにする辺りが憎たらしい。将臣に礼を言う羽目になるのだから。

今まで将臣に尊敬の眼差《まなざ》しを向けていた磯村も、聖也に顔を向ける。

「副会長も病み上がりですから、無理をなさらないでくださいね。私たちもできるだけお手伝いいたします」

下級生が心配そうに聖也に申し出てくれる。

「ありがとう。もう体調は完全に回復しているから、そんなに心配をしなくてもいいよ」

「だが、今日はこれで仕事は終わりにしよう」

聖也の言葉に続いて、いきなり将臣が割り込んできた。

「貴島さんも私たちが生徒会の仕事をしていると、なかなか帰れないからね。今日は生徒会の仕事はこれで切り上げないか。それが貴島さんにとっては一番いい。今日はこれで解散しよう」

「いや、まさ……会長。そんなことまでしなくても……」

聖也が止めようとすると、将臣ではなく、磯村がすぐに返事をした。

「そうですよね。私たちが仕事をしていると、副会長も無理をされますよね」

「じゃあ、俺たちも今日はこれで終わりにしますか」

生徒会役員の皆も将臣の提案に同意し、会議机の上に広げていた資料を片づけ始める。

「ああ、皆、悪いな。片づいたらそのまま帰っていい。どうせ貴島さんは皆が帰るまでは帰らないから、先に帰ってくれ」

「じゃあ、すみません。お先に失礼します」

生徒たちが次々と生徒会室を去っていくのを、将臣は笑顔を浮かべ見送った。

聖也も生徒会室の奥にある生徒会長室の自分の机の上を片づけるために席を立ち上がった。将臣はその場で、まだ残っている役員たちと話し込んでおり、動く気配がない。聖也は一人で生徒会長室へと向かった。

二週間、二人とも留守をしていたため、会長、もしくは副会長の決裁の必要がある申請書などが会長室の机の上に山積みになっていた。聖也は定例会議が始まる前まで、その書類の幾つかはチェックをしたが、なかなかすべてに目を通し切れない。

残りの書類は、とりあえずファイルして明日に持ち越そうと、聖也は自分の机の上を片づけ始めた。

カチャリ……。

しばらくして、生徒会長室のドアの内鍵《うちかぎ》が閉められた音が部屋に響く。ドアへ振り向くと、将臣が部屋に入ってくるところだった。

「用事は済んだのか？　将臣」

「ああ」

他の生徒がいないこともあって、普段の言葉遣いに戻る。将臣もそれまできっちりと結んでいたネクタイを粗雑に引っ張り緩め、聖也に近づいてきた。聖也はそんな将臣にファイルを見せつける。

「ほら、お前の分も片づけておいたぞ。この書類をファイルしたら終わるから、待っていてくれ」

「いい匂いがする」

いきなり将臣が背後から聖也を抱きしめてきた。驚いて、思わず大きな声が出てしまう。

「将臣っ……」

「なんだ？」

至ってなんでもないふうに言われ、聖也もこちらだけが焦っているのを悟られたくなく、すぐに冷静を装った。

「……放せ。まだ仕事が残っている」

「こんなにいい匂いをさせている聖也が悪い。理性を保つのがどれだけ大変だったか、わかるか？」

「わからないな。大体、発情期も終わったんだ。匂いなんかしないだろ。ほら、さっさと帰るぞ」

「聖也は冷たいな。でもお前の匂いがするのは本当だ。たぶん『番』だからこそ嗅《か》ぎ分けられるんだと思う」

将臣が聖也のうなじへと顔を埋《うず》め、スンと軽く鼻を鳴らした。途端、ゾクゾクッとした痺《しび》れが聖也の下半身に生まれる。

「あっ……」

「いい声、聞かせて」

「な……将臣、こんなところで……っ……」

背後から、将臣が聖也の男根をぎゅっと摑《つか》んできた。

「大丈夫だ。鍵はかけてある。聖也が少し声を抑えてくれれば、誰も気づかないよ」

「まさっ……んっ」

いきなり躰《からだ》を反転させられ、正面から唇を奪われる。机の上にあった書類が聖也の手に当たり、音を立てて床に落ちた。

「聖也は俺の『番』なんだから、他の男に色目を使うなよ」

「……色目なんて……使って、ない……」

「聖也は自覚がないかもしれないが、今日の定例会議でも、ちらちら聖也を見ている生徒が何人いたと思う？」

「……まさか、私がオメガだってばれているって……ことか？」

聖也の顔からさっと色味が消える。すると慌てて将臣が訂正してきた。

「違う。そんなことじゃないから心配するな。お前がそういう目で見られているのは、お前がアルファの頃からだ。そうじゃなくて、余計色気が増しているって言いたかっただけだ」

「色気ってなんだよ。そんなものあるわけないだろう？」

「ある。まあ、増えたのは俺の種を注ぎ込んでいるせいだと思うけどな」

茶化されたが、なんとなく聖也の胸に小さな棘《とげ》が刺さった。

オメガだと知られたら——。

「そんな顔をするな。俺が絶対お前を守るって約束しただろ？　俺が約束を破ったことがあったか？」

そういえば、ない。

「聖也に言わずにおいて、この背徳的な環境で乱れさせたかったが、正直に言うと、本当はこの生徒会長室には結界が張ってある。こちらからの声も匂いも生徒会室には漏れない」

「お前、結界って……そんなことができるのか？」

「ああ、俺は特別力の強いアルファだからな。自分の気配を消すのに、結界が張れる能力がある。お前も格下のアルファやベータ、オメガの前ではフェロモンが出ないように調整するだろう？　あれと同じような能力だ」

将臣の力が強いというのは、傍らにずっといて感覚で知っていたが、具体的に能力の一つを聞いたのは初めてだ。

やはり、この男は東條グループの総帥の座を狙《ねら》うに相応しいアルファだと、改めて感じる。

「だから、大丈夫だ」

「大丈夫って……っ……」

将臣にキスをされた瞬間、躰の奥で快感がまるでサイダーの泡のように弾《はじ》けた気がした。

発情期ではないのに、触られただけで躰が蕩《とろ》けるような感覚は、将臣が言うように『番』ならではの症状なのかもしれない。

聖也も少しずつではあるが、将臣が自分の伴侶、『番』であることに確信を持ちつつあった。

「聖也……」

「んっ……」

生徒会長室であるというのに、舌を絡ませ、深く交わってしまう。こんな淫《みだ》らなキスをしていい場所ではない。

彼の指がシャツの上から忙《せわ》しなく聖也の胸を這《は》い回る。すぐにつんとシャツを押し上げていた乳首に将臣の指の腹が当たる。

キスをしながらも、将臣の口が笑みをかたどったのがわかった。すでに聖也も昂《たかぶ》っていることを知ってしまったのだろう。

苦々しく思いながらも、将臣の首に腕を回した。『番』の威力を思い知らされる。こんなに煽《あお》られては、聖也も彼の熱を奪わずにはいられなかった。

運命の『番』――。

抽象的な繋がりのようで、心の奥底でしっかりと惹《ひ》かれ合う不思議な関係だ。出会うとお互い本能的に気づくという。

将臣が僕の『番』……。

将臣の指が忙しなく聖也の制服を脱がしていく。

制服のジャケットが無造作に床に落ちる。続いてネクタイも解けていった。シャツのボタンを外され、胸を露《あら》わにされる。今度は彼の指が直《じか》に将臣の乳首に触れてきた。

「んっ……」

合わさった唇からくぐもった声が漏れる。すると一旦唇が離れる。聖也が目をそっと開けると、愛《いと》おしげに、その瞼《まぶた》の上に優しくキスを落とされた。

「あ……」

そんなところにキスをされたことがなくて、びくっと躰が震えてしまう。ちょうど正面にあった彼の双眸《そうぼう》がふと和らいだ。数秒見つめ合うと、彼はそのまま聖也の首筋へと唇を落とした。同時に手は聖也のトラウザーズのベルトにかかっていた。

そして手際よく、トラウザーズの中に手を滑り込ませてきた。

「っ……」

やんわりと下着の上から欲望を握られる。しばらくゆるゆると刺激を与えられ、聖也の下半身が頭を擡《もた》げ始めた。すると今度は下着の中に手を入れ、触れてきた。

「あっ……あ……」

聖也が快感に背を仰《の》け反らせると、ついでとばかりに将臣の唇が聖也の片側の乳首に吸いついた。

「んっ……あっ……」

乳首を吸われただけなのに、聖也の足から力が抜け、床に崩れ落ちそうになった。床に座り込まなかったのは、将臣が聖也の内腿《うちもも》に足を割り込ませ、支えてくれたからだ。

「ああっ……」

足腰が快感でふらふらしているのに、将臣は容赦なく、ちゅうっと音を立てて乳頭に強く吸いついてきた。引っ張られるような感覚に、聖也の下半身が反応する。

「ふっ……あっ……」

すると、いつの間にか聖也の下半身を弄《もてあそ》んでいた将臣の指が、今度は昨日まで何度も将臣を咥《くわ》えさせられていた蕾《つぼみ》に移った。

ベルトを引き抜かれ、辛うじて腰に引っかかっていたトラウザーズがするすると聖也の足を伝って、床へと落ちた。露わになった臀部《でんぶ》に遠慮なく将臣の指が這う。

「あ……そこは……っ……」

「何度も俺を迎え入れてくれたここが、もう濡《ぬ》れてる」

「……そういうこと、言うな」

「挿《い》れてもいいか？」

思わず視線を逸《そ》らす。いい、なんて言えない。すると彼が言葉を変えてきた。

「立っているのが辛《つら》いか？」

その質問には辛うじて首を上下に振ることができた。すると、将臣は自分の椅子《いす》に座り、聖也の手を引っ張った。そして聖也を抱え、自分の膝《ひざ》の上に乗せた。

「え……」

「自分で挿れてみるか？」

将臣の前はすでに大きく膨らんでおり、トラウザーズがきつそうだ。

騎乗位はこの二週間で、別邸でも何度かやらされた体位であった。

聖也は前に将臣に教えてもらったように、快感で震える彼の前をくつろげた。

どうしてかわからない。いや、『番』だからだろうか。彼に触れなければまったく性欲を感じないというのに、彼と少しでも接触すると、聖也も躰が燃えるように熱くなり、彼の熱が欲しくなるのだ。

聖也は小さく息を呑《の》んで、彼の膝の上に乗った。しかしすぐにくるりと回転させられ、背中を将臣に預けるようにして座らされる。

「座ったままだと、こちらのほうが挿れやすい。ほら、手伝ってやるから、腰を俺の上に下ろせ」

「え？　ああっ……」

答える間もなく、将臣の昂った欲望の上に導かれる。

「そ……そんな……」

蕾に彼の屹立《きつりつ》を押し当てられ、そのまま屹立の上にぐっと落とされた。

「えっ……な……あああっ……」

聖也の蜜路《みつろ》が将臣の楔《くさび》に拓《ひら》かれていく。彼に擦《こす》られた肉壁が、ここ二週間で覚えたばかりの悦《よろこ》びに震えるのがわかった。

「や……あっ……っ」

重力に逆らえず、ズブズブと己の隘路《あいろ》を、将臣の力強い楔が貫いてくる。痛いはずなのに、眩暈《めまい》がするほどの快楽に己を忘れそうになった。

「あっ……ああ……それ以上、奥は……ふああっ……深いっ……」

将臣がいきなり腰を激しく突き上げた。途端、将臣のものが聖也の淫壁を強く擦り上げることになり、狂おしいほどの悦楽が聖也の中に渦巻く。

激しい抽挿に躰の奥から、どろどろとした濃く熱いものが湧《わ》き起こる。

「ああっ……」

将臣を咥えたまま、腰がいやらしく振れる。

「こうやってお前の腰の動きを後ろから見ていると、まるでお前が魅惑的なダンスを踊っているかのようだ。俺を誘惑している」

「んっ……」

「聖也、そんなに誘惑するな。箍《たが》が外れる」

「誘惑……なんて……ああっ……」

聖也の背後から手が回ってきた。一つは下半身、もう一つは乳首を弄《いじ》り出す。

「あっ……だめ……っ……変……になっ……るっ……くっ……」

シャツ一枚だけを羽織って、将臣の膝の上で背中を預けた状態で腰を揺らす自分が信じられない。さらに自分の目の前で胸や下半身に将臣の手がいやらしく這い回っているのも羞恥《しゅうち》を強いものにした。

「あ……ふぅっ……」

今まで以上に大きな喘《あえ》ぎ声が出そうになって、慌てて聖也は自分の口を手で覆った。途端、将臣がもっと嬌声《きょうせい》を上げさせようと、動きを激しくした。強く揺さぶられ、声を出すまいと手のひらの奥で歯を食いしばる。

彼の欲望が聖也を擦るたびに、中でグチョグチョと湿った音が聞こえる。聖也の中がオメガとなって、将臣を受け入れやすくしているのが、鼓膜を通しても伝わってくる。

「あああっ……」

気が遠くなるほどの快感が何度も何度も襲ってくる。

達《い》きそうっ……。

そう思ったときだった。聖也の胸を弄っていた将臣の手が、机の引き出しに伸び、開けた。

そこには袋に入った新品の細いカテーテルがあった。たぶん将臣があらかじめ用意していたものだ。

「聖也は達きすぎだしな。まだ特注のピンが届いていないから、今日はこれを差し込んで、練習しようか」

「れ……んしゅう……？」

不似合いな単語に、聖也は首を回して肩越しに彼の顔を見た。

「射精はできるよ。だけどこの孔に細い物を挿れる」

この孔と言いながら意地悪な笑みを浮かべ、将臣は聖也の下半身の先端を親指の腹でぐりぐりと撫《な》でた。

「やっ……」

逃げようとしても、将臣の男根を嵌《は》め込んだままでは、ほとんど動けなかった。

将臣が乱暴に袋を口で破り、中のカテーテルを取り出した。

「消毒は済ませてある」

「あ……将臣……や、め……」

　聖也の制止も聞き入れられず、将臣は聖也の男根の先端の、今にも射精しようとヒクヒクと口を開いている孔へとカテーテルをゆっくりと挿れた。

「あああっ……」

　激痛が襲う。気づけば、両足を左右に開かされた間には、先端に白っぽい細いチューブがぶら下がっていた。

　その卑猥《ひわい》な光景に、痛みからなのか快感からなのかわからないが、聖也の劣情がわずかにぶるぶると震える。

「やあぁっ……」

「このチューブの中に聖也が精液を出したところが見たい」

　耳朶《じだ》を甘噛《あまが》みされ、そんな莫迦《ばか》なことを囁《ささや》かれる。

「あっ……変態……っ……」

「俺が変態なら、世の中の男は全部変態だ。愛する相手をいろんな角度から愛《め》でたいという思いは万国共通だろう？」

「何が万国共通だ……少なくとも、僕は……ないっ……あっ……」

「じゃあ、俺のことをすべて見たいって思うくらい、聖也も俺のことを愛せよ」

「え……」

愛す？

聖也は自分を背後から抱く男の顔を再び振り返った。将臣の真剣な眼差しとかち合う。

『番』という形ばかり先行し、よく考えたら愛情のことを忘れていた。

愛情で繋がっていない『番』は世の中にはいくらでもある。だが聖也はできれば愛する人と『番』になりたいと思っていた。

それなのに、自分が突然オメガになったことで動揺し、大切な部分が抜け落ちていたことに気づく。

僕が、将臣を愛す？

そう思った瞬間、心臓が今までよりもさらに深いところから大きく跳ね上がった。

な、なんだ？

急に体温も上がったような気がする。彼と触れ合う肌がどくどくと脈打ち、まるで心臓がそこかしこに散らばったような感じだ。

あ――。

どうしよう。もしかしたら、この年下の生意気な男が、意外と嫌いではないかもしれない。

え？　それって……。

思わず驚いて、両手で自分の口を塞《ふさ》いだ。だが、すぐに聖也の思考は途切れた。

「あああぅ……」

カテーテルをぐりぐりと先端に押し込められたのだ。身を焦がすような熱が聖也の全身に襲いかかる。

「聖也、今、お前、絶対よそ事を考えていただろう？」

「あっ……」

お前のことを考えていたとは絶対言いたくない。聖也はきつく口を閉ざす。

「そんな余裕があるなら、もう少しハードでも大丈夫そうだな」

「ハードってなんだよっ……んっ……」

将臣がカテーテルの聖也に刺さっていないほうの端を摑んだ。

え？

将臣はそれを躊躇《ためら》いなく口に咥え、そっと息を吹き込む。

「ああああっ……ああっ……やあ……」

尿道が吹き込まれた空気によって、ぷっくりと膨れるような、まったく今まで感じたことのない刺激に、聖也の全身にどっと汗が噴き出した。

「やあああぁぁぁ……」

精液が押し戻されるような感覚と言うのだろうか。全身がぞくぞくとした疼痛《とうつう》に呑み込まれ、理性まで持っていかれる。

何もかも真っ白で、考えが微塵《みじん》も浮かばない。とにかくこの煮え滾《たぎ》った熱を外へ出したい。本能がそれだけを求めてくる。

「あ……んっ……」

将臣の牡《おす》をきつく締めつけた。そして将臣の動きに合わせ腰を激しく振る。

達き切れないもどかしさに、喉《のど》から甘い声が漏れる。それでも射精できないことに焦《じ》れる。

「もっと……もっと……あっ……将臣っ……」

「くそ、持ってかれる。もっとお前を可愛《かわい》がって、俺なしでは生きていけないようにしてやりたいのに――。俺のほうがやられる……っ」

「ああっ……」

「はっ……聖也、気持ちいいか？」

「気持ち……いいっ……あっ……いい……」

すでに虚勢を張るだけのプライドも理性とともに砕け散り、聖也は素直に頷いた。

「ああ……もうっ……はあっ……」

カテーテルの先を下に向けると、ポタポタと蜜が滴り落ちる。

「はぁぁっ……あっ……」

将臣が聖也の腰を持ち上げ、荒々しく上下に揺さぶった。

「あああっ……」

聖也の先端に、ジュッと音を立てて焼かれたような高熱が生まれる。半透明のカテーテルの細い筒が白さを増す。聖也の精液が流れ込んだのだ。

下腹部が痺れるような感覚を覚えながら、将臣をぐっと力強く締めつける。奥深い場所で彼がびくびくと痙攣《けいれん》するのが淫襞に伝わってきた。そしてすぐに熱が弾け、飛沫《ひまつ》が聖也の中で飛び散った。

「ああああっ……」

後ろから力強く抱きしめられたまま、聖也は喉を仰け反らせる。

「愛している、聖也――」

祈るような将臣の声に心を満たされながら、聖也の意識は白い空間へと沈んだ。

将臣は自分の腕の中で気を失った聖也の首筋を甘く噛んだ。何度も何度も確認するように繰り返し噛む。

＊＊＊

『番』ゆえの甘美で特有な芳香がぶわっと二人を包み込む。

やっと……、やっと手に入れた貴島聖也。

幼稚舎の頃に出会ってから、ずっと将臣の心を摑み続け離さない、美しい『番』。

この白く滑らかな肌が薄桃色に染まるのを見るのは自分だけだ。他のアルファには絶対渡さない。自分がエクストラ・アルファという稀少種《きしょう》に生まれたのも、聖也を手に入れるためだったに違いないと信じている。

将臣は胸いっぱいに芳醇《ほうじゅん》な香りを吸い込んだ。未《いま》だ聖也の中にいる自分の牡が滾る。だが、先ほどから感じる訪問者の存在に、将臣は仕方なく一旦、休憩することにした。聖也が気を失ったのもちょうどよかった。

将臣はゆっくりと自分を引き抜く。すぐに喪失感に襲われた。彼とどこかで繫がっていないと、心が半分どこかへ持っていかれたような錯覚さえ覚える。かなり重症だ。

聖也の乱れたシャツを直し、部屋の隅にある長椅子まで抱いて運んだ。情事後の艶《なま》めかしい彼の躰にブランケットをかけてやる。

躰を洗ってやりたいが、生徒会長室に勿論《もちろん》シャワールームなどなく、次回の予算委員会で、生徒会室のシャワールームを申請しようかと、真剣に考えてしまう。

静かに寝息を立て始めた聖也の顔に魅入る。普段は挑発的に将臣を見つめてくる瞳《ひとみ》が、瞼の下に隠れ、長い睫《まつ》毛《げ》で封印されている姿を見ると、幼稚舎の頃の面影がそこかしこに残っており、懐かしさが増す。

将臣がじっと聖也を眺めていると、ドアの外に立っている人物が痺れを切らしたようで、声をかけてきた。

「将臣、俺がいるの、わかっているんだろう？　休憩中なら開けてくれ」

倉持だ。将臣はわざと彼レベルのアルファになら、部屋の中の様子が感じられるだろうというくらいの、少し力を落とした結界を張っていた。

「お前はせっかちだな」

「ワンラウンド終わるまで待っていた俺のどこがせっかちだ」

「それは失礼」

将臣はそう言いながら、ドアの鍵を開け、外で待っていた倉持を中に招き入れた。

「お前な、俺が実行委員会の活動報告書にお前のサインがいるって知っていて、報告書にわざとサインしなかっただろ。俺をここに意図を持って呼び寄せたな」

「そうだったかな？」

嘯《うそぶ》いてみせるが、倉持の言う通りだった。彼くらいしか聖也の自慢ができないのだから、犠牲になってもらうしかない。

「ったく、人を待たせて、聖也先輩といちゃいちゃしやがって。そんなに俺に見せびらかしたかったか」

「ああ、俺のもんだって、お前にアピールしたくてな」

「はぁ～っ、開き直りやがって。聖也先輩もこんなしつこい男に十数年纏《まと》わりつかれて、ご愁傷様だな」

「なんとでも言え。手に入れたもの勝ちだ」

ちらりと長椅子のほうを見遣《みや》る。聖也は二人の会話では目が覚めないらしく、疲れた様子で静かに横たわっていた。そんな姿にも庇護《ひご》欲をそそられる。自分の欲はすべて聖也に繋がっているようだ。

じっと聖也を見つめていると、傍らで小さな溜息が聞こえた。倉持だ。

「お前がそんな顔して、誰かを見つめるなんていう日が来るとは思ってなかったよ。いや、やっぱり聖也先輩だからこそか……」

どうやらしばらくの間、間抜けな顔を倉持の前で晒していたようだ。

「でも、まあ……やっと聖也先輩を手に入れたんだから……仕方ないか。よかったな」

「ああ」

外部入学で、東條グループとは関係ない一般家庭の出身である倉持は、将臣に対しても物怖《ものお》じしない。そんな人間はとても珍しく、他には聖也くらいなものだ。

他のアルファは東條本家の嫡男という肩書のせいで、良くも悪くも色眼鏡《いろめがね》で将臣を見てくる傾向がある。そのため倉持は気を張らずに付き合える数少ない友人だ。

その彼から『よかったな』と言われ、他の誰から言われるよりも重みを感じた。だからこそ次に続く言葉も、将臣の胸に深く突き刺さった。

「それで、先輩にお前がエクストラ・アルファだってことは告げたのか？」

「……いや」

声が小さくなってしまう。一番聖也に聞かれたくない内容だった。

「まだ言ってないのか？　隠し通せるものじゃない気がするから、早めに告白しておいたほうがいいんじゃないか？」

「わかっている」

「本当にわかっているか？　他人から先輩の耳に入ったら、あらぬ誤解を生むぞ。それにアルファオメガはエクストラ・アルファよりも稀少種なんだ。身の危険性はバースの中で一番ということを、改めて先輩に告げて、きっちりと理解してもらっておかないと、まずいんじゃないか？」

確かに医療センターで一応説明はしたが、あのときは聖也もまだ混乱した様子だったので、自分のことだと受け止めているか怪しいところだ。今もまだ現状を受け入れられていないかもしれないが、折を見て、何度も言い聞かせないといけない。

「それもわかっている」

わかっているが、言えない。自分がエクストラ・アルファだと聖也には言えない。勇気がないのだ。エクストラ・アルファの隠された力を知り、聖也をアルファオメガに変異させたのが、自分だとばれたら、聖也が自分の手から逃げてしまう気がしてたまらない。

恨むだろうか。

それならそれで構わないと思う自分がいるのも確かだ。『恨む』という聖也の一つの感情が将臣にだけ向けられるなら、たとえそれが『恨む』という感情であっても、嬉しいと思ってしまう。

だが一番厄介なのは、将臣の所業を聖也が『赦《ゆる》し』、将臣から去っていってしまうかもしれないという不安だ。聖也の性格からいって、この可能性が非常に高い。

聖也は将臣を捨てて、オメガという新しい道を一人で歩もうとするような気がしてならない。いやきっとする。

辛いことだが、聖也は将臣を『番』としては愛してくれない気がしてならない。どこまでいっても親友だ。愛の種類が違う。

それに普通のオメガと違って、聖也は番のアルファに依存しようとはしないだろう。自分の足で立って、道を切り拓いていく。依存しているのは聖也ではなく、本当は将臣のほうだと思い知るだけだ。

「タイミングを見て話そうとは思っている。俺は情けないことに聖也のことになると、すべてに臆病《おくびょう》になる」

似合わない弱音が口から零れる。しばらく倉持は黙っていたが、ぼそりと小さな声で言葉を続けた。

「みんな、そうだろ。大切な奴は、自分のこと以上に大切にしてやりたいからな」

そう言って、倉持は報告書を突き出した。

「ほら、サインくれ。俺も早々に立ち去ってやるから。あまり遅くなると見回りの先生が来るぞ。それまでにきちんと済ませておけよ」

倉持は報告書をひらひらさせ、そのまま生徒会長室から出ていった。

ドアが閉まる音とともに将臣の胸に影が落ちる。その影は奥深くまで伸び、心臓を貫き、不安を大きくした。

だが今はそれに耐え、聖也を守ると思うことでしか不安を取り除く方法はなかった。

■ V ■

「貴島副会長よ」

「聖也先輩、最近ちょっとなんていうか、色気みたいなオーラが出てるよね」

「あ、やっぱり？　私もそう思ったの。もしかして彼女とかできたのかしら」

「ええっ、それ、私、絶対認めない！」

最近、聖也の周囲がそんな話題で盛り上がっている。聖也自身はまったく以前と変わりなくいるつもりだが、周囲の反響から察してもそうではなさそうだ。

色気があるなどと言われると、オメガのフェロモンが気づかぬうちに出ているのではないかと気が気ではない。

聖也はこの学園では以前通りアルファとして在籍している。確かにオメガの遺伝子も持つが、正真正銘のアルファでもあるので、堂々としていればいいと将臣にも言われていた。

しかし、いつ自分がオメガでもあることが学園にばれてしまうかと思うと、話題一つ一つに神経を尖《とが》らせてしまう。

学園に復帰してから一週間あまり、周囲の視線や噂《うわさ》が気になり、気が休まる時がない。

それに従兄弟《いとこ》の卓にも、『番合わせ』のことで相談したいと電話してから、連絡を絶っているので申し訳なく思っていた。

自分がアルファオメガになったことを従兄弟に言っていいのか悩む。国家機密と言われているのもあり、どこまでの親しい間柄まで公表していいのか、まだ判断がつかない。

誰にも相談できず、毎日毎日不安が積み重なっていく。胃の辺りがきりきりと痛む日も増えた。

……こんなことで、これから先、どうするんだ。

自分で自分を叱咤《しった》する。

聖也は小さな溜息をついて、放課後、生徒会室へと向かった。

今日は生徒会がある日ではないが、なんとなくこのまま寮に帰る気分でもなく、議事録でもチェックして気分転換をしようと思ったのだ。

将臣は、今日は実家に用事があると言っていたので、生徒会室にはよほどのことがなければ誰もいないはずだ。

人の目のないところで、気を抜いてゆっくりしたい。寮の部屋でも個室だから一人になれるが、アルファ専用の寮では、万が一、オメガの気配を勘づかれたらと思うと、もはや自分の部屋さえも落ち着ける場所ではなくなっていた。

将臣が他人に悟られない『結界』の力を持っていても、将臣ばかりに頼っていては申し訳ないし、彼と一緒にいるということは、セックスをすることになる。それも嫌だった。

自分がただの獣にでもなったような気持ちになる。

行為を終えた後、セックスだけしか繋がりがないような切ない思いが、聖也の胸を締めつけるのだ。

もっと他の理由が欲しくなる。

確かに将臣から愛していると言われたことはある。でもそれを素直に信じられるほど子供でもなかった。

アルファオメガという、説明によると一〇〇%の確率で、産んだ子供はアルファ性となる稀少種になった自分を、東條本家としてはなんとしてでも手に入れたいはずだ。

そこに愛がなくても、東條本家の嫡男としては、聖也を『番』にすることは使命であろう。

わかっている。将臣を信じ切れない自分が悪いのだと。勘繰ってしまうから、自分の思いが複雑に絡まってしまう。

だが、何も考えずに彼にすべてを委《ゆだ》ねる勇気がなかった。手酷《てひど》く裏切られたときの心の傷を考えると、怖くて、保身のために疑心暗鬼になる自分がいる。

ただ、将臣は他のアルファを嫌うところがあった。聖也も過去にはその対象だったに違いない。聖也がアルファオメガになったことで、排除の対象から伴侶へと認識が変わったことも確かだ。

『アルファが増えれば増えるほど、敵も増えるということだ。総帥の座は一つしかないから、邪魔者は少ないほうがいい』

つい先日も、アルファのことを将臣はそう表した。

『聖也は別だよ。俺の懐刀として、ずっと傍《そば》にいてほしいと願っている』

すぐに付け足したようにフォローされたが、将臣が野心家なのは知っている。聖也も将臣の邪魔になりそうであったら、排除されるだろうことはなんとなくわかっていた。

だが、アルファオメガとなった今であったら、以前言われた通り、将臣の懐刀として、これから先も、同じ道を歩いていけるかもしれない。

きっと、これでよかったんだ……。

そう思えば、少しは救われる気がした。もしアルファオメガというバースを目的とし、義務で将臣が聖也を『番』にしたとしても、仕事のパートナーとして一緒にいられるのなら、聖也にとって、アルファオメガというバース性は価値があるのかもしれない。

愛がなくても、愛以外の何かがあれば、大丈夫だ……。

自分で自分を納得させる。一つ一つ不安を噛み砕いて、前へ進むしかない。

そう結論づけて、生徒会室へ向かうと、誰もいないと思っていた生徒会室から声が漏れ聞こえてきた。

花藤君?

聞き覚えのある声からその声の主を探る。生徒会室の奥からは花藤の声と——、将臣の声がわずかに漏れていた。

将臣、実家に用事があったんじゃないのか?

今日は生徒会のない日だから、この二人もここには人が来ないだろうと思って、会っているようだ。だが、聖也に嘘を言ってまで——いや、嘘ではないかもしれない。実家に用事があるところを、花藤に呼び止められただけかもしれない——あまり接点のなさそうな二人の会話が気になり、聖也はつい耳を澄ませてしまった。

将臣が大事な話をするときは結界を張っているはずだが、声が聞こえるということは、大したことがない話をしているのだろうか。

『——やって、私につきまとうのはやめてくれないか?』

『あなたは自分の犯した罪をきちんと聖也先輩に償う気があるんですか？』

え？　僕の話？

いきなり自分の名前が出てきて、聖也はわずかに驚いた。

それに、罪？　償うって……？

「聖也先輩がバースであんなに苦しんでいるのは、将臣会長のせいです！」

花藤君は何を言っているんだ？　将臣のせいだなんて、そんなことないのに……。

苦しんでいるのは自分がまだしっかりとアルファオメガというバースを受け止めきれないせいだ。

それに花藤にそんなことを心配される謂《いわ》れもない。そもそも花藤は聖也がアルファオメガであることを知らないはずだ。

なんの話をしているんだ？　僕が苦しんでいるって……。

何か一方的に花藤が誤解をして、将臣を責めているような気がしてきた。花藤に心配されるようなことが、まったく思い当たらないからだ。

止めたほうがいいだろうか……。

しかし立ち聞きをしていたことがバレてしまうと思うと、ドアをノックするのも躊躇われる。すると、

「会長が聖也先輩を無理やりオメガにしたから、こんなことになったんです。先輩を本当に愛しているなら、あなたは手を引くべきだった」

え――――。

聖也の心臓が止まりそうになった。

今、花藤の口からオメガという言葉が漏れたような気がした。幻聴だろうか。

聖也がオメガであることを知っているのは、家族と将臣を含む東條本家の人間だけのはずだ。分家や他の人間には知らされていない。

どうして彼が知っているんだ？　まさか将臣が言ったのか？

俄《にわ》かに信じられない。

「手を引くのは君のほうだろう？　花藤」

「くっ……」

将臣の声に続き、花藤の苦しそうな声が聞こえた。どうしたのかと、聖也もさすがにドアのノブに手をかけようとした。

「か、会長は……エクストラ・アルファの……力を使って……そうやって……力の弱い者をねじ伏せるだけで……勝ったつもりで……いるんですかっ……」

エクストラ・アルファ？

聖也のドアノブを摑もうとした手が止まる。

そのバースの名称は聞いたことがある。確か世界に十人ほどしかいないとされているアルファの進化形バースだ。

聖也は自分の頭の中にあるエクストラ・アルファの情報を必死で掻《か》き集めた。

種の頂点とされるアルファを凌駕《りょうが》するエクストラ・アルファは、バース性最高種である。通常はアルファが最高種とされているが、そのアルファでさえエクストラ・アルファの力には太刀《たち》打ちできないと聞いている。

確かに将臣は力の強いアルファであるけど……。将臣がエクストラ・アルファ？　そんなの聞いたことがない。

だが、ふと一つ引っかかる事件があったことを思い出す。『結界』だ。

あのときは力の強い将臣ならありえるのかもと受け止めたが、普通聞いたこともない力を持っている時点で、将臣のバースにもう少し疑問を持つべきだったかもしれない。

将臣は本当にエクストラ・アルファなのか？

でも、どうして僕に黙っていたんだろう。ずっと一緒にいたのに……。何か隠さなければいけないことでもあったんだろうか。

エクストラ・アルファの特性をさらに思い出す。

確か他にも違う力が――。

そう考え始めたときだった。ドアの向こう側から花藤の声が再び聞こえてきた。

「あなたのエゴだけで、他人をオメガにするなんて……許せない」

「他人じゃない。運命の『番』に対してだけ、だ」

他人をオメガにする――？

そうだ、確かエクストラ・アルファには気をつけるようにと、幼稚園児の頃、東條家主催のバースの勉強会で聞いたような気がする。

どういう基準かわからないが、エクストラ・アルファは他人の力を無効化したり、俄かに信じられないが、『番』にと望んだ相手をオメガにしてしまう力があるという話をなんとなく覚えている。

エクストラ・アルファに遭遇するなど、ハリウッドスターに会うよりも確率が低いため、皆が真剣に授業を聞いていなかったし、聖也自身もそんな話は嘘に違いないと信じていた。

だが――。

「あなたの力で得た運命の『番』は、所詮《しょせん》あなたが作り出した妄想で、本当の『番』じゃない」

「嘘も本当もあるものか。私がそう決めたのだから、それが真実だ」

「さすがは傲慢《ごうまん》なエクストラ・アルファ様ですね」

「私がエクストラ・アルファになったのも、あいつがアルファになったのも、運命だ。アルファを『番』にできるのは、エクストラ・アルファだけだからな」

「だからオメガじゃない。アルファでもある」

「オメガに変異させた？」

オメガに変異させた？　何を？　いや、誰を？

ドアノブの前で止まったままの聖也の手が震えた。聞きたくないと本能が告げてくる。

まさか将臣が変異させたオメガっていうのは——。

「あなたにオメガにされた、聖也先輩の気持ちを考えたことがあるんですか？」

……っ。

聖也はたまらず、目の前のドアノブを摑み、ドアを開けた。

目の前には床にしゃがみ込む花藤と、窓を背にして悠然と立つ将臣がいた。将臣の双眸がみるみるうちに大きく見開く。

その様子を見て一つの疑惑が生まれる。エクストラ・アルファという言葉の重みに、聖也の心臓がズキンと鋭い痛みを発した。音を立てて心の中で何かが崩れていく。

「聖……」

「花藤君、悪いけど僕たち二人だけにしてくれないか」

聖也は将臣の言葉を遮って、視線は将臣に向けたまま、花藤に声をかけた。

「は、はい……」

花藤はそれ以上、何も言うこともなく慌てて生徒会室から出ていく。部屋に残されたのは聖也と将臣、そして静けさだけだった。

窓の外から聞こえる部活動中の生徒の声が余計静けさを強調する。聖也がじっと将臣の顔を見つめていると、彼の眉《まゆ》がわずかに歪《ゆが》んだ。

「聖也……」

聞きたくない。だが聞かないと始まらない。将臣がなんなのか——。

聖也は努めて冷静を装った。そして不安を追い出すかのように言葉を吐く。

「お前、エクストラ・アルファなのか?」

「……ああ、そうだ」

聞きたくない言葉が零れると同時に、彼の肩から力が抜け落ちるのがわかった。隠し事がばれたことに対して観念したのかもしれない。その様子から聖也が抱いていた疑惑が、より確信に近づいた。

聖也は声が震えそうになるのを堪《こら》えて、質問を続ける。

「僕をアルファからオメガに変異させたというのは、本当の話なのか？」

一瞬、将臣の表情が崩れそうになった。だがどうにか持ちこたえた様子で、首を縦に振った。

「ああ、そうだ……」

「……っ」

怒りで頭が真っ白になる。息が止まるかと思うほど、憤りが躰から湧き起こった。

どうして――。

どうして、そんな残酷なことが平気でできるんだ――。

幼稚舎の頃から気心が知れた仲だと思って無防備にしていた自分が、甘かったのか。

彼は虎視眈々《こしたんたん》と追い落とす準備をしていたのだろうか。

「……そんなに僕が邪魔だったのか？」

やっとの思いで言葉を口にした。

「え？」

「前にお前、言ったよな。自分の邪魔になるアルファは排除するって……」

「それは……」

彼が何か言いたそうに口を開いたが、ここで彼の言い訳を聞いている心の余裕などなかった。

聖也にとって、アルファからオメガにバースが変わることがどんなに苦しいことなのか、それを課した将臣には、事前に理解できなかったのだろうか。

そんな彼が言い訳を連ねたとしても、聖也の怒りに火を注ぐばかりな気がした。なら、聞かないほうがいい。これ以上、将臣を嫌いになりたくない。

今考えれば、初めて発情したときに覚えた違和感は間違っていなかった。

まるで聖也の発情を前から予想していたかのように、発情期を過ごすための別邸など、用意周到に多くのものが揃《そろ》っていた。

そしてどうしてか聖也がオメガになったことを喜んでいた将臣もやはりおかしかった。

すべては彼の描いた筋書き通りの展開だったのだ。

「僕がお前の邪魔をするような男だと思ったのか？」

その声に将臣がひどく傷ついた顔をした。聖也のほうがもっと傷ついているというのに。

「そんなに僕がアルファとして東條家のエリートコースにいるのが目障りだったのか？それでオメガにしたのか？」

「違う！」

「お前にしたら迂闊《うかつ》だったな。結界も張らずにこんな話をして、僕に聞かれても仕方ないだろう」

「結界は張ってあった」

「なに？」

「結界は張っていた。花藤に呼び出された時点で、お前のことで花藤が俺を脅してくるってわかっていたからな。花藤はお前のことが大好きで、オメガである自分こそがお前に相応しいと言って憚《はばか》らない。だから呼び出されたときも、バースの話が出ることはわかっていた。エクストラ・アルファのこともアルファオメガのことも誰にも聞かれてはならない。特にお前のことは極秘だ。そのため俺は一番強力な結界を張った」

「張ったって……お前の声も花藤君の声もドアの外に全部漏れていたぞ」

まさか将臣の力が弱くなったのか……？

一瞬であるが、聖也は彼の心配をしてしまった。自分を陥れた男だというのに。

聖也はそんな自分に嫌気が差しながらも、目の前の男を睨《にら》み続けた。

「俺は強力な結界を張った。だが、お前には俺の結界は効かない。俺がお前を最後まで受け入れる『運命の番』だと認識しているから、どんなに結界を張っても、お前だけは俺の結界どころか、能力を全部無効化できる」

「え……？」

僕だから、部屋から漏れる声が聞こえたというのか？　いつの間にかエクストラ・アルファの力を無効化される力が与えられたというのか？

半ば信じられない思いで、将臣を見返す。

「聖也、お前だけが俺の力を無効化できる。裏を返せば、実はバース性上、最強なのはエクストラ・アルファではなく、その『番』だ」

「『番』が最強……？」

「極端なことを言えば、お前だけが俺を殺せるということだ。俺の力はすべて、お前には効かないからな。お前に命を狙われたら、太刀打ちできないということだ」

「将臣……」

「エクストラ・アルファが『番』を決めるということは、その相手に命を捧げていることを意味する」

「お前が僕に……命を捧げていると？」

「そうだ。お前は俺がお前のことを邪魔でオメガにしたと思っているかもしれないが、逆だ。エクストラ・アルファが他人をオメガにするには相当な覚悟がいる。お前をオメガにしたのは……お前が俺の『番』だからだ」

「『番』って……そんなに簡単に言うなよ。僕たちがそうだなんて、どうしてわかる」

思いも寄らない話に混乱する。自分をオメガにしたのが将臣だったという事実も受け止めきれないでいるのに、彼の命まで握っているような言い方をされても混乱するばかりだ。

「確かに将臣、お前とは『番』の契約をした。でも次の発情期が来るまで、本当に『番』かどうかは判断できないだろう？」

将臣の『番』という、そんな重い役割から逃げ出したくなる。

「俺の結界が効かないのがいい証拠だ。聖也、お前は俺の『番』だ。本当はお前もわかっているんだろう？　もう認めろよ」

将臣がそう言って、一歩近づいた。本能的に彼が近づいた分だけ退いてしまった。

聖也が一歩下がったのを見て、将臣の表情が苦しげに歪んだ。それを見て、また聖也の心臓が締めつけられるように痛みを発する。

どうして——。

何がどうしてなのか、意味もわからない。それなのに脳裏には、その言葉しか思い浮かべられなかった。

呆然《ぼうぜん》としていると、いきなり将臣に手を取られ、引っ張られる。そのまま彼の胸に閉じ込められた。

「愛している」

「っ、将臣──」

名前が唇を突いて出ると、彼の双眸が愛おしそうに細められた。しかしすぐに切なげに瞳を揺らす。

「ずっと、ずっと愛していた。だからこそお前を『番』にしたかった。お前が他の『番』を持つことになったら、俺はそいつを躊躇いなく殺すだろう。そうなる前にお前のすべてを奪いたかった。自分のエゴだ、わかっている。だが、お前だけは絶対譲れない。この世の何物に代えても譲れない。本気だ」

彼の熱の籠《こも》った吐息が聖也の首筋に当たる。それだけで聖也の下半身にぞくぞくとした甘い痺れが走った。

混乱する。

自分をオメガにした男だというのに、憎さ以上の違う感情が胸に広がるような気がする。そう、少し前から気づいていたのだ。自分もこの男が嫌いではないことを。

だが──、混乱する。

この思いが本当に自分のものなのかもわからなかった。すべてが将臣のフェロモンによって、惑わされた思いかもしれない。

流されるな。

今の一時的な感情に、答えを見出したら駄目だ。

聖也は一度、奥歯をぐっと噛むと言葉をゆっくりと吐いた。

「だからと言って、僕に何も知らせず、勝手に僕をオメガにしたことは許せることじゃない。将臣」

「聖也……」

か細い声が聖也の鼓膜を震わす。一瞬、将臣が泣くかと思った。彼の聖也を抱きしめていた手がそっと力なく外れる。

「俺は……バースなんて性はいらなかった。こんなものがなかった時代に生まれたかった……。そうしたらエクストラ・アルファの力を使うこともなかった……」

彼の本音がポロポロと零れ落ちる。その思いを一つ一つ拾ってやりたかった。心が締めつけられるほど愛しさが募る。

だがこれも将臣に引き摺《ず》られて、そう思わされているのかもしれないと思うと、やるせない気持ちになった。

「……将臣、しばらくお前と会うのを控える。少し頭を冷やしたい」

「聖也」

彼が再び手首を摑んできた。まるで小さな子供が母親に縋《すが》るような、そんな必死さが伝わってくる。

「別に逃げるわけじゃない。放せ、将臣」

「もう俺に会いたくないと言うのか？」

「わからない。それも考える」

手首を掴む将臣の手をそっと外し、将臣に背を向けた。一刻も早くこの混乱した頭を整理したい。そうすればもう少し将臣のことも考えられるはずだ。

聖也が生徒会室のドアの取っ手を掴むのとほぼ同時に、将臣から声がかかる。

「聖也、俺に会いたくないのなら、それでもいい。俺がしばらく休学してもいい。だからお前は絶対この学園から出るな」

「この学園から出たら、僕は蔑《さげす》まれた人生を歩まないとならないからか？　僕の安全はこの学園だけにしかないからか？」

自分でもなんて嫌みな言い方だろうと自己嫌悪に陥りながらも、将臣に言葉をぶつけた。そしてそのまま生徒会室を出た。

ドアが閉まる寸前に将臣の『愛しているんだ、聖也――』という声が背中に響いたが、聖也は振り向くことができなかった。

＊＊＊

夕方の寮は、夕食の時間までの間、生徒は部活動など各々好きなように過ごせるため、生徒もまばらだった。

聖也はすぐに自分の部屋へと入った。そのままベッドに倒れ込むようにして沈む。真っ暗になった視界に浮かぶのは、苦しげに顔を歪ませる将臣の表情だ。

『愛しているんだ、聖也――』

何度も繰り返される愛の言葉。洗脳されそうだ。

「くそっ……」

寝返りを打って、将臣の声を振り払おうとした。

しばらく実家に帰ろうか……。

ふとそんなことを思ってしまう。アルファしかいないこの寮では、心が休まることはないし、将臣とも距離を置いて、彼に影響されないところで自分の思いと向き合いたかった。

今でも本当は胸を焦がすほどの愛情が将臣に向けられている。生徒会室で泣きそうになっていた将臣を、怒りなどどうでもいいと思えるほど、本当は抱きしめて慰めたかった。

この昴る感情が本物なのかどうか知りたい。

それがわかれば、自然と己の選ぶ道も決まるような気がした。

幸いなことに、発情期は済んでいるので、父に会って、今後のことも相談したいと思うと、益々実家に戻る決意が固まる。

「実家に帰る許可を貰わないとならないな。体調不良が理由でいいか……」

聖也は外泊許可を貰うため舎監の部屋へ行こうとベッドから躰を起き上がらせた。するとタイミングよくドアがノックされた。

「貴島ぁ、佐々木《ささき》卓さんという方から電話がかかってきているぞ。舎監室に電話を取りに来い」

ドア越しに舎監の先生の声がした。

え？　佐々木卓さんって……卓さんのことだよな？

そういえばスマホの電源は授業が終了した後も切ったままだった。直接聖也に電話が繋がらなかったから、寮にかけたということだろうか。

「あ、はい。今、行きます」

聖也は慌てて舎監室へと向かった。

「失礼します」

「ああ、こっちだ。早めに電話を切るようにな」

舎監の先生が小声で注意してきた。聖也は無言で頷くと、すぐに保留にしてあった電話を手にした。

「もしもし、卓さん、どうしたんですか？」

『聖也か。繋がってよかったよ。前に変な電話の切れ方をしてから電話は繋がらないし、SNSでもいつもと様子が違ったから、何かあったのかと心配していたんだ。それで寮のほうに伝言頼もうと電話したら、舎監の先生から、今、お前が帰ってきたからって聞いて、替わってもらったんだよ』

「すみません、あれからいろいろとあって、なかなか卓さんに連絡できなくて……」

発情期中は将臣と、ただそれだけに没頭し、スマホを触る機会もなかったし、学園に戻ってからもSNSで連絡はあったものの、こちらも当たり障りのない内容で短めに返信していただけだった。

自分のことで手いっぱいで、こうやって心配してくれていた卓に対して配慮が足りなかったかもしれない。アルファオメガについては話せないが、それでももう少し説明をしておけばよかった。

「本当に心配かけて、すみません」

『いや、いいよ。こうやって連絡がとれたから、ほっとしたよ。それより、そこ、舎監室だろ？　あまり話せないよな。実は今、聖也の学校の近くまで来ているんだ。この間の相談ってのを聞くけど、学校を抜けてこれるか？』

「こっちまで来てるんですか？」

『ああ、なんとなくだけど、聖也がかなり煮詰まっている感じがしたから、電話じゃなくて顔を見て話したほうがいいかと思って』

この間の相談――。『番合わせ』のことだ。

あのときはまだアルファというバースで、純粋に『番』のことを悩んでいた。そんなに昔のことではないのに、随分と昔のような気がする。それだけ聖也の身にいろいろと多くのことが起きた証拠かもしれない。

「すみません。相談しようとしていたことは、もう解決したので、大丈夫です」

『そうか、それならよかった。うーん、でもせっかく俺もこっちまで来たしな。夕食でも一緒に食べてくれないかな？　可愛い従兄弟殿に奢《おご》るよ』

あ……。卓さんに帰り家まで送ってもらおうかな。

卓の家と聖也の実家は近所だ。卓が帰るついでに送ってもらえたら、そんなに帰りが遅くなることもない。今から公共機関を使って家に帰ったら、バスの時刻表から考えてもかなり時間がかかった。

「ついでに、実家まで送ってもらえるなら……」

『実家？　週末ではないのに家に帰るのかい？』

「ええ、ちょっと用事があって。今、外泊許可をとろうと思っていたところなんです。帰り、送ってもらってもいいですか？」

『いいに決まっているよ。じゃあ、俺も今夜、貴島家に泊まらせてもらおうかな』

卓はよく聖也の家に泊まりに来ているので、それは問題ない。

「ええ、ぜひ。じゃあ、今から家に連絡をしてみますので、すぐに折り返します」

『ああ、聖也の家には俺から連絡しておくよ。突然泊まりに行く非礼を詫《わ》びたいし。聖也は学校のほうの手続きをしろよ』

「わかりました。じゃあ、実家への連絡はお願いします。僕は手続きが済んだら、また電話しますね」

聖也は電話を切ると、そのまま舎監室に置いてある外泊依頼書と明日の授業の欠席届を書き始めた。

夕陽が傾く中、オレンジ色に染まった校門の近くに卓の車が停まっていた。美しい濃紺のボディをしたドイツ車だ。

「卓さん、お待たせしました」

聖也は車を見つけると、小走りに車に近寄った。

「意外と早かったね」

車の中でスマホを見ていた卓が顔を上げた。

「僕の普段の行いがいいから、すぐに申請書を受理してもらいましたし」

ちょっと冗談っぽく言うと、卓も合わせておどけてきた。

「さすがは現役の副会長様だな。さ、乗って。まずは夕飯を食べに行こう。制服でも入れる店を予約しておいた」

昔から兄のような存在の卓の気遣いに、聖也もつい笑顔が零れる。先ほどまでの殺伐とした気持ちがほんわかと和らいだ。

「ありがとう、卓さん」

聖也が助手席側に回り車に乗り込むと、すぐに車が滑るようにして発進した。

＊＊＊

生徒会室に、どうしようもなく重い空気が圧《の》しかかる。

聖也に出ていかれ、将臣が茫然自失《ぼうぜんじしつ》となり立ち尽くしていると、たまたま生徒会室に忘れ物を取りに来た倉持に出くわしてしまった。

普段なら彼に悟られないように、それとなく装うことくらいなんでもないが、聖也とのことで大きなダメージを受けた将臣は、倉持に対して自分を繕うことができなかった。

案の定、倉持にはすぐにおかしいと気づかれてしまった。

確かに倉持に何を話しかけられても、ただ聖也が出ていってしまったドアを見つめるだけが精いっぱいだったので、気づかれるのも当然だ。

さらに不本意にも、根気よく粘った倉持に、これまでの顛末《てんまつ》を聞き出されてしまった。

みるみるうちに倉持の表情が呆《あき》れ返っていくのがわかり、将臣は自分の失態を自覚するしかない。

ただその一方で、倉持に事情を説明していくうちに、少しずつ落ち着きを取り戻せたのも事実だ。ゆっくりと将臣の脳が動き出す。何をすれば最善なのか思案し始めた。

相変わらず夕陽の差し込む生徒会室には重苦しい空気が漂っているが、それでも一人で呆然としていたときよりは随分と気持ちがしっかりしてきた。

「だから、お前の自業自得だろ。ったく、鬱陶《うっとう》しいぞ、将臣」

「言われなくても重々承知している」

「大体、俺は早くエクストラ・アルファのことを聖也先輩に言っておけって注意していたのに。後で変な方向から知られたら、誤解されたりして面倒なことになるのは、お前だってわかっていただろう？」

「……ああ」

倉持に痛いところを突かれ、声が喉に引っかかった。

なんでもそつなくこなしていたつもりだった。だが、聖也に対しては本当に不器用としか言いようがない。

相手が悪友である倉持だったこともあり、そのまま心の声が零れ落ちてしまった。

「わかっていたが、聖也にもし嫌われたらと思うと、どうしても言う勇気が出なかったんだ。怖いものなんて昔は何もなかったのに、今は聖也に関してはすべて怖い。怖いんだ……」

「将臣……」

滅多に吐かない弱音を聞いたせいか、倉持の表情が心配そうに歪んだ。将臣自身も、こんなことで東條本家の嫡子など務まるはずがないと自省する。

総帥の座を得るために、常に周囲のライバルの動向をチェックし、用意周到に罠《わな》を張ることは得意だ。この熾烈《しれつ》な戦いを勝ち抜く自信もある。だが、唯一の弱点が聖也だと改めて思い知った。

聖也の言動に、存在に、心が引き摺られる——。

彼に黙っていたことは自分の失態だと思う。だが一番、将臣が打ちのめされたのは、聖也を悲しませたことだ。自分のしたことで、聖也にあんな悲しい顔をさせたことが許せなかった。

怖くても、聖也に嫌われたとしても、オメガにさせてしまったことを、もっと早く言うべきだった。

いや、本当はどれだけ聖也を愛していて、どれだけ本気で『番』になってほしいか、黙ってオメガにする前に、プロポーズして、同意の上でするべきだった。

わかっていたが、聖也に拒絶されるのが怖くてできなかった。

だが、聖也の信頼を裏切り、悲しませることを思えば、自分のそんな恐怖や心の痛みなど、どうでもよかったのだ。

聖也を守らなければならない自分が、聖也を一番傷つけてしまったことに比べれば、すべてが些細《ささい》なことだった。

「……俺にしては大失態だ」

前髪を掻き上げ、窓から外を見つめる。

「将臣……、まあ、今さらこんなこと言ってもあれだけど……、聖也先輩もお前がエクストラ・アルファだって言いにくかったこと、わかってくれるんじゃね？　今はちょっと突然すぎて混乱しているかもしれないけど、聖也先輩は落ち着いて考えてくれる人だから、お前のこともきっとわかってくれるよ」

「……俺と別れるって言ってくるかもしれない」

真剣に呟くと、倉持が言葉を失ったかのように目を見開いた。そしてしばらくして、その沈黙を破るかのように、プッと吹き出した。

「はは、お前っ……天下の東條グループ本家の将臣が、迷子になった子犬みたいな顔で、捨てられるかもしれないって言う姿を見られるなんて、俺もすごく貴重な体験をさせてもらっているな。さすがは聖也先輩だ。お前にそんなことを言わせるなんて最強だな」

「倉持」

小さく咎《とが》めると、彼が肩を竦《すく》める。倉持は東條家の筋とは関係ない一般家庭から生まれたアルファであるためか、将臣におべっかを使ったり、腫《は》れものに触るように接したりしない男だ。出世にもあまり興味がないらしく、東條家からは一歩離れて物事を見ている感がある。こういうときの対応も容赦なかった。

「ああ、悪い、悪い。まあ、でも、なんだかんだと言って、聖也先輩はお前には甘いし……。お前がそんなに落ち込むのを見ると、調子狂うぞ、ったく。元気出せよ、な」

「お前に励まされたら、俺も終わりだ」

そう毒づいたときだった。いきなり慌ただしくドアがノックされた。返事をすると、花藤がドアを開けるのももどかしい様子で飛び込んできた。

「失礼します！」

「なんだ、花藤、帰ったんじゃないのか」

この男が喧嘩《けんか》の元凶だと思うと、将臣は自分のことを棚に上げているとわかっていても、刺々《とげとげ》しい視線を彼に向けてしまう。しかし花藤は先ほどと同様、まったくそれに臆することなく、誰かを探すように生徒会室を見渡した。

「っ、聖也先輩はここにいらっしゃっていますか！」

「まだお前は聖也のストーカーやっているのか？」

将臣は不機嫌なのを隠さず、聖也を狙うオメガ、花藤を睨みつけた。だが花藤も負けじと将臣を睨み返した。

「そんな低レベルな挑発は結構です。それより聖也先輩はどこに？」

相変わらず嫌みな言い方に、どちらが低レベルな挑発だと思いながらも、将臣は答えてやった。

「もう寮に帰った。用があるなら舎監の先生に連絡しろ」

途端、花藤の表情が青くなる。

「な……やっぱり、あれは聖也先輩だったんだ」

震える声で呟くのを、将臣は聞き逃さなかった。

「どうした、何が聖也だったんだ？」

「あ……」

花藤が真っ青な顔をして、いきなり将臣に一歩近づいて、その腕を摑んだ。

「会長！　聖也先輩が誰かと……あ、いつも週明けに送ってもらっている車の人と一緒に外へ出ていきました！　先輩、オメガになったばかりで、まだフェロモンとか不安定ですよね。会長はそんなときに先輩にこの学園から出る許可をしたですか？」

「許可なんかするか！　それよりも聖也が外へ出たのか？　あの莫迦が」

花藤はきちんとオメガの教育を受けているので、オメガが発情時以外でも気をつけなければならない事項を心得ている。それゆえに、ほとんどまだオメガとしての自覚や知識の足りない聖也が、学園の外へ一人で出てしまったことの重大性がわかっているようだった。

しかも聖也は国家機密のアルファオメガだ。もしも相手が、聖也のバースを知っていて近づいたのなら、聖也は無事で済まないかもしれない。

そこまで考え至って、一つの情報に引っかかりを覚えた。

「……週明けに送ってもらっている人だと？　あの『卓さん』とかいう、聖也の馴《な》れ馴れしくていけ好かない従兄弟のことか」

「従兄弟の方なんですか？　僕はよく知らなくて。でもほぼ毎週月曜日に学園まで送ってもらっていますよね」

「っ……」

もしあの従兄弟なら、聖也の命に危険が及ぶようなことまではないかもしれない。ただし、命以外のことにおいては信用できない。

将臣は懐からスマホを取り出すと、すぐにどこかへ電話をかけた。

聖也の居場所はスマホのGPS機能の他に、万が一のことを考えて、彼には内緒で靴にチップ型の発信機を仕掛けてあるので、特定するのに時間はかからないはずだ。

心配なのは、聖也はオメガになりたてのため、いつも何かしらフェロモンを出しており、それを抑える力が安定していないことだ。

だからこそ常に将臣が近くにいて、自分の力で、彼のオメガ特有のフェロモンを中和していた。

先ほども聖也は強いショックを受けたせいか、フェロモンのコントロールが上手くできず、躰からわずかばかり溢《あふ》れ出させていた。将臣くらいしか気づかないほどだったが、それでも心配で、聖也に学園から出るなと言っておいたのだ。

きちんとその理由を説明しなかった自分を悔やむ。だがあの場で激高している聖也にオメガの話はできなかった。あれ以上、彼を追い詰めたくなかったのも確かだ。

「くそっ……」

小さく呻《うめ》くも、すべては後悔先に立たずだ。きつく目を瞑《つむ》ると、耳に当てていたスマホの音が切り替わった。

『……』

「お世話になっております。東條将臣です」

将臣は通じた電話に指示をし始めた。

＊＊＊

ぼんやりとした天井が視界に広がった。聖也はぼやけた景色を、手の甲で目を擦ってクリアにする。

ここはどこだろう……。

まったく覚えのない景色に疑問が浮かぶ。

「目が覚めたかい？　聖也」

すぐ真上から聞き知った声がした。

「あ……卓さん？」

そう尋ねると、卓が聖也の顔を覗《のぞ》き込んできた。

「そうだよ。随分と寝てしまったね」

「寝て……？　あれ、夕飯を食べましたっけ」

「食べてないね。聖也が車の中で寝てしまったからね。おなか空《す》いたかい？」

「そんなには……」

なんとなくどこかおかしい気がした。頭の芯《しん》がぼぉっとしているのも気にかかる。

車に乗ってもそんなに眠くなかったのに、どうして車で寝てしまったのだろうか。眠いと思った覚えもなかったのに。

聖也の脳裏で危険信号が点滅している。同時に心臓がどくどくと激しい音を出し、鼓膜に響き始めていた。

どうして僕は卓さん相手にこんなに警戒しているんだ？

視界が次第にクリアになってきて卓の顔がしっかり見えてきた。同時に頭もすっきりしてくる。

確か車に乗ってから、コンビニで買った珈琲《コーヒー》を飲んで、その後の意識が飛んでいる。あの珈琲は卓が途中で買いに行ってくれたものだった。

あの珈琲に何かが入っていた？

刹那《せつな》、聖也の背筋がゾクゾクッと大きく震えた。

「す……ぐるさん？」

「どうした、聖也。やっぱり何か食べるか？」

いつもと変わらない笑顔を浮かべる卓が余計怖かった。

「あの、ここはどこですか？　どうしてここに僕がいるんですか？　家に送ってくれるんじゃなかったんですか？」

「おいおい、質問攻めだな。そんなに不安にならなくていい。俺は聖也を救ってあげようと思って、ここに連れてきたんだ」

「僕を救う？」

そんなことを口にする卓に、聖也は益々恐怖を感じずにはいられない。

「まずここは俺の実家の持っている別荘の一つだ。家には明日送っていこう」

「いいえ、今帰ります。帰るって連絡を入れているんですから両親が心配……な、まさか、連絡を入れてない……とか？」

卓が聖也の家に電話すると言っていたことを思い出す。聖也も連絡を卓に任せ、外泊届などの書類の記入をしていて、聖也自身は家に帰る連絡を入れてなかった。

「まさか、最初からここに連れてくるつもりだったんですか？」

その問いに卓が柔らかく笑った。

「少し強引だったかもしれないけど、聖也のことが心配だったからね。聖也と一緒に話がしたいと思って、場所を作っただけだよ」

「心配って……相談したかった件はもう解決し……」

「オメガに突然変異したんだってね」

「えっ……」

どうして卓さんが知っているんだ――？

他人に秘密を知られたことに恐怖さえ覚える。シーツを摑む手先が震え、急激に体温を失っていくのがわかった。視界が真っ暗になるようなそんな感覚に襲われる。

「可哀想《かわいそう》に……。そんなに震えることはないよ。俺は聖也の味方だ。怖がることはない」

「僕の、味方……？」

「聖也、お前を救ってやるよ。俺と『番』になるんだ」

「つ……がい？」

「お前、アルファオメガなんだろう？　そんなもの作られた話だと思ってたよ。お前が現れるまではね」

ついアルファオメガという言葉に過剰反応してしまった。案の定、卓もやはり、という顔をした。

「どうして知っているかって？　俺も東條家のバース教育を子供の頃から受けていたんだ。そういうバースがあることは知っていたよ。国家機密だとも聞いていたから、ああ、アルファになっても安心するな、どこで足元を掬《すく》われるかわからないぞ、という教訓めいたもので、アルファオメガなんてどうせ作り話だって程度にしか認識していなかった」

「……アルファオメガは足元を掬われた結果ということですか？」

「嫌だな、聖也。言葉の綾《あや》だよ。アルファオメガは運命に遣わされた女神だ。少なくとも俺にとっては救世主さ」

「卓さ……ん？」

彼の手が聖也の首元に伸ばされる。制服のジャケットはすでに脱がされていたようで、ネクタイを外された。

「『番』になろう。そして俺を救ってくれ、聖也」

「な……」

それでやっと卓が何をしようとしているのか理解できた。同時にシュルッと音を立ててネクタイが引き抜かれる。

「卓さん、僕はあなたと『番』になる気はありません！　それに……っ」

将臣と『番』だと言っていいのだろうか……？

思わず言葉が詰まる。こんな状況になっても、聖也は将臣が自分の『番』だと彼に言っていいのかどうかわからなかった。

将臣はエクストラ・アルファであることを隠しているし、アルファオメガを娶ることも、東條本家には認められているが、まだ公に発表されていない。それゆえに聖也の口から誰かに言うことは憚られた。

将臣に不利になったらいけない――。

アルファオメガを娶ることが公になったら、たぶん多くの妨害や国家機密漏えいによる罰則などが降りかかってくるだろう。将臣や本家側は聖也を娶るために、いろいろと水面下で動いている最中だ。それを聖也の一言で無駄にしたくはなかった。

「くっ……」

こんなときでも自分のことよりも優先するのは将臣のことだった。

くそっ――そんなこと、本当はわかってた。

聖也は自分の意地っ張りさに怒りが込み上げるとともに、自分の莫迦さ加減に嫌気が差した。最初から自分の気持ちはわかっていた。気づかないようにしていただけだ。

将臣が好きだ。愛している。

将臣は傲慢で我儘《わがまま》で、自分勝手で……。それなのにどこか捨てられた子犬のように全身で聖也に縋ってきて、そして守ってくれる。

アルファである聖也をオメガにしてしまうほど、長く執着し、愛し続けてくれている男など、大嫌いなはずなのに、嫌いになれない。可愛い。可愛くて仕方がない。

自分よりずっと体格もよく、図々《ずうずう》しい男なのに可愛いと思う自分がおかしいのも重々承知だ。

伴侶を決める自分の趣味の悪さを目の当たりにするしかない。莫迦だ。大莫迦だ。あんな男が大切だなんて。

「はっ……」

そうだ。何も言わずに勝手にオメガにしてしまった将臣を許したわけじゃない。だがそれはあくまでも騙《だま》したようにことを進めた彼に怒りを覚えるだけであって、結果にまで不満を持っているわけじゃなかった。本当は——。

「っ……」

聖也の胸がじんわりと熱を持った。

——本当は、こんな人生もいいんじゃないかと思い始めていた。

心が、魂が渇きを覚える。欲しいものがあると、しっかりと聖也に訴えてくる。すべての思いが将臣に向いていた。しかし。

「『番』になる気はないって……。聖也、オメガには選択権はないって知っているよな？」

卓の声に思考を中断させられる。

「アルファがオメガを『番』にするって言っているなら、オメガはそれに従うしかない。わかっているだろう？　聖也」

「あ……」

普段将臣といたせいで、自分に選択権がないことをすっかり忘れていた。将臣は強引なようでいて、聖也をきちんと一人の人間として扱ってくれている。聖也にまるで選択権があるかのように思わせるときもあった。いや、命までも捧げていると言った。

将臣……っ。

将臣のために、ここは上手く切り抜けないとならない。

「あの、卓さん。実は僕にはすでに『番』がいて……他の人と『番』の契約を結ぶことはできません」

「『番』？　誰？」

「卓さんが知らない人です」

将臣の名前は出せない。特に卓は東條家の分家でもあるので余計言えない。

「隠しても無駄だよ。将臣君だろう？」

「違います」

聖也はきっぱりと否定した。

「いつの間に聖也は俺に嘘をつく悪い子になったんだい？　聖也の躰からわずかだがあいつの匂いを感じるよ。あいつはずっと聖也を狙っていたからね。でもこんな薄いマーキングじゃ、簡単に上書きができるよ」

薄い……。

違う。エクストラ・アルファの将臣の力でも、本来、力が強いアルファであった聖也をオメガにするのには時間がかかったのだ。たぶん聖也のアルファの力が、他のアルファからのマーキングを拒んでいるのだろう。

なら尚更《なおさら》、卓にマーキングができるはずはなかった。将臣さえ骨を折っているのだ。卓の力で聖也にマーキングできるはずはない。聖也はオメガではあるが、それ以前にアルファでもあるのだから。

「卓さんは、アルファオメガのことをあまりご存じじゃない。僕はオメガでもありますが、アルファでもある。あなたが僕にマーキングできるなんて思えない」

アルファにマーキングできるのは、エクストラ・アルファだけだ。

卓は名称を聞き知っているだけなのだろう。アルファオメガがエクストラ・アルファによって作られることも知らないのだ。あくまでもアルファの突然変異だと思っているようだった。

「そんなのは、寝てみなければわからないだろう？　運命の『番』も、実際はセックスをしなければ、わからないんだから」

卓はいきなり手にしていたネクタイで聖也の両手首を一つに括《くく》り、動きを妨げると、乱暴にシャツの前を引っ張った。まだきちんと嵌められていたボタンが弾け飛ぶ。

「卓さんっ！」

「聖也のことを、昔から綺麗《きれい》な男の子だと思っていた。お前がアルファだって知ったとき、オメガじゃないことを残念に思っていたんだよ」

「やめてください！」

聖也は圧しかかってくる卓に、両手首を縛られた状態で必死に抵抗した。

「『番』になろう、聖也。大切にするよ。今までもそうだっただろう？」

「うっ……」

吐き気が込み上げる。目の前では、優しい兄のような存在だった男が別の顔を見せていた。その男が聖也の胸元に手を滑らせ、さわさわと撫でてくる。

「卓さんっ……やめっ……」

足をばたつかせると、偶然、卓の腹を蹴《け》ることができた。卓が一瞬怯《ひる》んだ隙《すき》に、聖也は彼の下から這い出た。

逃げなきゃ……。

不自由な手でベッドのシーツを摑んで前へ進もうとしたときだった。突然躰が動かなくなる。

なっ。

卓がアルファの力を使ったのだ。部屋にアルファのフェロモンが充満する。

「かなりお転婆《てんば》だったんだな、聖也は。きつい蹴りだった。これ、明日には痣《あざ》になっているかな？」

ゆったりとした声が背後から聞こえる。それが次第に近づいてきて、最後は耳元で囁かれた。背中から抱きしめられる。ぞわっと鳥肌が立った。

「あっ……」

将臣相手ではこんなことはなかった。触れられても気持ち悪くなかったし、躰も自由に動いた。

将臣——。

今になってわかる。将臣は決して聖也に対して、エクストラ・アルファの力を使って服従をさせたりはしなかったのだ。彼なら聖也をねじ伏せることなど簡単にできるはずなのに、決してしなかった。

『俺は……バースなんて性はいらなかった。こんなものがなかった時代に生まれたかった……。そうしたらエクストラ・アルファの力を使うこともなかった……』

泣きそうになりながら、そう告白した将臣は、確かに聖也をオメガに変異はさせたが、それ以上の力を使うことはなかった。

将臣――。

愛しい。こんなときになって、本当に彼に対して愛しさが込み上げてくる。

好き。愛している。何度だって思う。

暴君のように見えて、彼は聖也の気持ちを尊重し、全身で愛を伝えてくれていた。

この躰を将臣以外に触らせたくない――。

涙が溢れそうになった。自分のためだけだったら、どうなっても仕方ないと諦《あきら》めただろう。だが、将臣が大切にしてくれている聖也の躰だ。将臣のためにも、この躰を誰にも渡してはならない。

「くぅっ」

聖也は痺れる躰に力を込めて、無理やり動かした。彼が驚いて、拘束を緩める。

「往生際が悪いな、聖也」

楽しそうに告げられた。

「僕に触るな！」

「仔猫《こねこ》が毛を逆立てても、可愛いだけだ」

「やっ……それ以上、何かをしたら、舌を噛み切って死ぬから！」

「は、操を立てているのか？　あの坊主に。オメガとしては褒めるべき行為だが、俺のためにそうであってほしいよ、聖也」

「卓さん、目を覚まして。僕とあなたでは『番』にはなれない！　それくらい僕でもわかる！」

嫌悪しか感じない相手が『番』であるはずがない。

将臣にされたときはまったく不快でなかった。発情していたこともあったが、それでも根本的に卓とは何かがはっきり違っていた。

「舌を噛まれたら大変だ。キスができないのは残念だが、口も動けないようにしよう」

「んっ……」

ズンと空気が重くなったような気がした。途端、聖也の唇が固まって動かない。

そんな……あ……。

「やっと聖也が手に入る……」

うっとりとした表情で呟かれながら、卓の手が聖也の下肢へと伸びる。ベルトが外され、下着に手がかかった。

あ……。

動きを封じられた聖也はその様子をただ見ていることしかできなかった。

やだ。やだ、やだ、やだやだやだ……。

「あ……ま……まさ……っ……将臣っ！」

力を振り絞って動かないはずの唇で、将臣の名前を叫んだ。

ドゥウゥン。

刹那、爆音が轟《とどろ》いた。

「え？」

卓の動きが止まる。同時に爆発音を見計らったように、遠くからヘリコプターの音が響いてきた。それはどんどんと近くなり、やがて窓の外に姿を現した。

耳を劈《つんざ》く轟音《ごうおん》とともに、夜空にサーチライトが交差する。一体、何が起きているのか聖也にもわけがわからなかった。まるで映画のワンシーンのようだ。

「一体、どうなっている？」

卓も突然の爆発とヘリコプターの出現に腰を抜かしたようで、微動だにできずに聖也と一緒にベッドの上で固まっていた。

すると寝室のドアが大きな音を立てて開けられ、武装した軍人が十人ほど銃を構えて入ってきた。

卓は両手を上げて、恐ろしさに顔をベッドに押しつけた。聖也も同様に動こうと思ったが、軍人の後ろに今、世界で一番会いたい男の姿を目にして、動きを止めた。その間に、男たちがベッドまで素早く近づき、卓と聖也を拘束した。

「被疑者身柄確保！」

「聖也様、保護！」

明らかに犯罪者に対する扱いの卓と、毛布に包《くる》まれ保護された形の聖也は、男たちによって引き離された。

「聖也！」

そこに先ほど軍人たちの後ろに立っていた男、将臣が駆けつけ、聖也をきつく抱きしめた。

「あっ……将臣！」

聖也も彼の背中に手を回し、しっかりとしがみついた。喧嘩をしていたことなど、もうどうでもよかった。

「大丈夫か？　聖也っ……」

死にそうな声で将臣が抱きついてくる。これではどちらが囚《とら》われていたか、わからないほどだ。

聖也の胸にじんわりと熱が込み上げてきた。次第に目頭が熱くなる。将臣に再び会えたことに心から感謝した。

「怖かったか？　遅くなってすまない。もう大丈夫だから、聖也、泣かないでくれ……」

将臣こそ、本当に泣きそうな表情を零した。聖也は目頭を軽く指先で押さえて、首を横に振った。このままでは自分ではなく、将臣が泣いてしまう。将臣を泣かせたくない。

聖也はまだ恐怖から完全に逃れていなかったが、強がりで将臣に注意した。

「僕は大丈夫だ。だが将臣、こんな場所にお前も来るなんて危ないだろ。なんだよ、このSWATみたいな集団は」

「厚生労働省バース管理局の特殊部隊だ」

「厚生労働省バース管理局の特殊部隊……？」

思いも寄らない組織名に、一瞬思考が止まりオウム返しをしてしまう。そしてやっと聖也は我に返った。

「ええっ！」

せいぜい東條家の雇ったSP部隊かと思ったがそうではなかった。国が動いている事実に驚きを隠せない。すると将臣が聖也の表情から何かを察したのか、簡単に説明した。

「アルファオメガは国家機密で国の組織の保護下に入ると、以前説明しただろう？　お前の身に危険が迫ったときには特殊部隊が動くようになっている。それくらいアルファオメガは国にとっても貴重なんだ。俺はお前の『番』として、部隊を招集する権利を与えられている。まあ、まだ『番』と公式には認められていないから、そこは東條家のコネを使ったけどな。間に合ってよかった」

再びぎゅうっと力強く抱きしめられる。それだけで聖也は心の中に巣食っていた恐怖が徐々に霧散していくような感じがした。

「だが、聖也。俺は、今回はもうあの男、佐々木卓を許す気にはなれない」

「将臣？」

不穏な空気を感じて聖也は将臣の胸から顔を上げた。将臣の鋭い双眸は聖也ではなく、離れたところで特殊部隊によって取り押さえられている卓に向けられていた。

「佐々木卓、東條家の分家の出でありながら、本家嫡子の『番』に手を出すという所業はどう釈明する？」

「マーキングが薄くて気づかなかったな。聖也はフリーだと思っていた」

卓はあくまでもシラを切り通すつもりらしい。

「フン、調べたところ、大学を卒業し、東條グループ傘下の会社へ就職はしたが、幹部候補生から外されてしまったそうだな。ここでアルファオメガを『番』にして、自分が優秀なアルファであることを再度示したかったか？　東條グループ内での復権を狙っていたんだろう？　無理な話なのに、浅はかな考えだったな」

初めて聞く内容に聖也は驚くしかなかった。優しくて優秀な従兄弟が幹部候補生から外されたなどと思ってもいなかった。卓は将来を嘱望《しょくぼう》されたエリートアルファだったはずだ。現に聖也の動きを制するほどの力もあった。

聖也が何も言えずに卓の顔を見つめると、彼の表情が醜く歪むのがわかった。

「佐々木卓、聖也のバースを知り、欲をかいたのが運の尽きだった。お前に情報をリークした人間も調べがついている。観念しろ」

「学生風情に何がわかる。何もかもわかったような口を利くな」

「お前こそ、何もかもわかったような口を利くんだな」

聖也の耳に将臣の低い声が響いたかと思うと、将臣のドクンという大きな鼓動が肌を通して聖也に伝わってきた。

え？　何――？

もう一度、将臣の顔を見上げると、背後から呻き声が聞こえてきた。卓だ。

「なっ……うっ……」

両脇《りょうわき》を特殊部隊の軍人に抱えられながらも、苦しみもがいている。将臣のエクストラ・アルファの力が彼に圧を感じさせているようだ。

将臣の体温がわずかに上昇しているのがわかる。聖也は改めて彼のアルファとしての力がとてつもなく強いことを知った。フェロモンだけではない。直接バース性の本能へと響く力だ。

「お前を俺の意識支配下に置く。これから先、お前は俺に絶対逆らうことができない。逆らおうとしても、お前の躰自体が拒否反応を起こすだろう」

将臣の言葉に、そんな力があるのかと聖也は再び驚く。しかし未だ将臣がエクストラ・アルファであることを知らない卓には事態が呑み込めていないらしかった。

「は、何を言っている。本家の血筋だからと大きな顔を……くっ」

卓はまた苦しげに言葉を途絶えさせた。それを冷ややかに将臣が見下ろす。

「だから俺に逆らうことは許さないと言っただろう？　エクストラ・アルファはバース社会の頂点だ。階層下にあるバース性の本能に直接訴えかけ、支配することができる最高種であることを知らないのか？」

「エクストラ・アルファ……まさか、お前、エクストラ・アルファだと言うのか？」

卓の目がこれ以上ないというほど大きく見開く。そしてすべてを理解したのか、ぐったりとした。特殊部隊の軍人が支えていなければ、床に崩れ落ちたであろう。

初めて見る将臣のエクストラ・アルファの力に、聖也は将臣が自分に対して、誠実に接していたことを改めて確信する。

　これだけ力があるのに、聖也をその力でねじ伏せようとはしなかった。自分より下の種族を支配することができるのなら、聖也など思い通りにすることなどいくらでもできたはずだ。

　それをしなかったのは、将臣はバースに頼らず、一人の人間として聖也を大切にし、接してくれていたからだ。

　将臣……。

　聖也は彼にしがみつく力を強くした。プライドなんてどうでもいいと思った。本当は年上らしくいたかった。だが、もうそれもどうでもいい気がした。

　彼の真剣な思いを、聖也の取るに足らないプライドのために、足蹴にしてはいけないのだ。

「そいつを連れていってください」

　将臣の声に、厚生労働省バース管理局の特殊部隊は卓を連行していった。

「行こう、聖也。歩けるか？」

「ああ……」

「一応大事をとって、このままバース医療センターに検査入院する。いいな」

「……ごめん、将臣」

「え？　入院は嫌か？　だが万が一を考えて検査をしたほうが……」

「いや、入院のことじゃない。僕の今までのお前に対する態度だ。あと、夕方、生徒会室でのこと……ごめん。また落ち着いたらきちんと謝るつもりだけど、今、まずはお前に一言でも謝っておきたい」

「聖也……」

「あと、卓さんはどうなるんだろう」

思った以上に大事になっている現状に、さすがに聖也も従兄弟のことが心配になった。

今回のことは許せることではないが、過去にいろいろと彼に助けてもらい、心の支えであったことも事実だ。将臣に甘いと罵《ののし》られるかもしれない。それでも、過去の優しかった卓を見捨てることはできなかった。

「子供の頃から一緒にいた従兄弟なんだ。今回だけは穏便にしてほしい。特に今回は僕の迂闊さも要因だと思う。僕がこんな無防備に卓さんに近づかなければよかったんだから」

どこからアルファオメガの情報が漏れたかわからないが、聖也も今一つ危機感が足りなかったことには間違いない。自分の不注意で他人を犯罪者にしてしまうような立場になってしまったことを、もっと真剣に考えるべきだった。

将臣に呆れられるのを覚悟で言ったのに、返ってきた言葉は意外なものだった。

「そうだな、最終的には東條グループから外され、軟禁生活になるだろう。何しろ俺の『番』を強奪しようとしたのだからな。相応の処罰を受けることになる。だが、東條家からは排籍にはならないよう、一言添えておく」

彼なりの優しさに胸が熱くなる。どうしてこの男はこんなに甘やかすのか、

「……ありがとう」

「あのな、聖也。今回のことで、お前が罪悪感を覚えることはない。結局はどうあれ、彼はお前を利用しようとしていたんだからな」

将臣が聖也の肩をぎゅっと抱いてきた。そのぬくもりになんだか泣きたくなった。

突然変異でアルファオメガになってからいろいろありすぎて、感情が乱れているのもあるかもしれない。

将臣が背中をそっと撫でてくれた。聖也は目を瞑って、今はただ彼の熱に凭《もた》れかかり、心が落ち着くのを待つのが精いっぱいだった。

＊＊＊

パキッ。

道に落ちていた小枝を踏むと小さな音が響く。なんとなしに空を見上げれば、申し訳程度の星が瞬いていた。

夜も更けた頃、将臣は暗い森を通り抜け、小高い丘に辿《たど》り着いた。

瑛凰学園の敷地内には寮から少し離れたところに小さな丘があり、そこから町が一望できるようになっている。

聖也を無事にバース医療センターに送り届けると、すぐに彼は過度の疲労からか、意識を失うように眠りに就いた。

将臣はそれを見届けてから、やり残したことを片づけるために学園へ戻ってきていた。

そう、やり残したことがある――。

将臣は知らずと手のひらに汗をかいていたことに気づく。何かの間違いであってほしいと願っているが、決してそれが間違っていないと本能が告げてくる。

鼓動も速い。

見上げた先の丘にはすでに先客がいた。地面に座って夜の町を見下ろしている。見覚えのあるその背中を信じられない思いで見つめた。

「来ると思ったよ、将臣」

すると、男がぽつりと呟いた。将臣は足音を立てずに、さらに一歩、その男へ近づいた。

「お前が……」

将臣の声が珍しく震えた。だがぐっと腹に力を入れて、もう一度声を出した。

「お前が今回の事件に、関与していたんだな、倉持」

その声に、男が――倉持がこちらに振り返った。眼下に見える街の灯《あか》りが逆光となって、倉持の表情がわからない。将臣はその見えない表情を捕えながら言葉を続けた。

「卓が吐いた。お前が情報源だとな。お前が聖也のバースを卓にリークした。その証拠も揃っている。どうしてこんなことをした？」

「どうして？」

その声はいつもと変わらない響きを持っていた。将臣は自分の親友ながら、一瞬恐怖のようなものを感じる。

「ただの興味本位さ。順風満帆のお前に、荒波を立たせてみたかった」

「それで聖也が誘拐されて、もしかしたら一生の心の傷を負うかもしれなかったんだぞ。

興味本位で済まされる話じゃない」

「傷を負う？　まずそんなことはないだろ。お前が聖也先輩を守るに決まっているじゃないか。失敗なんてしないさ」

倉持の言いたいことがわからない。将臣が失敗しないとわかっているのなら、こんなことを仕掛けても、最初から自分が失敗すると知っていたはずだ。

「倉持……」

「なあ――、東條家っていうのは、そんなに偉いものなのか？　俺たち一般のアルファとは格が違うのか？　いや、大体、バースで階級が決まるなんてナンセンスだ。アルファ、ベータ、オメガ。一体、それらの何が違うんだ？　同じ人間じゃないか。アルファが優れているからって、他の人間を支配するなんて、莫迦げたシステムだ」

「だが、倉持、お前だってアルファだ。支配する側の人間だ」

「俺は人を支配するなんて、考えたこともないよ。普通の人間だ。誰とも変わらない。だが、東條家という存在は、そういったリベラルな考えから逸脱しているんだよ」

確かにその通りだ。改めて倉持に指摘され、痛む胸もある。だが、それはもう懐古主義だ。現代社会にそぐわない思想だ。

将臣はその東條家で、バース社会で、自ら上を目指すと決めている。聖也を『番』にし、守るためにも力を得ると、子供の頃から決めていた。

「倉持、俺はお前のことを親友だと思っていた」

「俺もそうさ。だが、それとこれとは別だ」

倉持は自分のしたことを反省する気はなさそうだった。

「俺を東條家に盾突いた危険分子として犯罪者にすればいい」

倉持がふらりと立ち上がり、こちらに躰を向けた。

「そんなことはしない」

彼がゆっくりとこちらへと歩いてきた。殺気もない。将臣は悟られない程度に警戒をしながら、彼から目を離さないでいた。

「じゃあ、俺はここを退学するよ。お前に牙《きば》をむいて、その後、素知らぬ顔でまた親友を続けるほど、俺も悪人じゃないんだ」

突然の言葉に将臣は驚きを隠せなかった。

「倉持、退学って……。俺は東條家じゃない奴の意見や考えをこれからも知りたい。今回のことも結果的には東條家のシステムに溺《おぼ》れかけていた俺への警告になった。お前は俺を別格扱いしない特別な男だ。他の人間とは違う。親友だ。今回の事件も未遂で済んだんだから、俺はお前に退学まで迫るつもりはないぞ」

それに将臣が倉持の抱く葛藤《かっとう》に気づかなかったことにも一因がある。

そう思い至って、聖也が自分を誘拐した卓に抱いた思いが痛いほどわかった。

聖也だけじゃない。将臣も言動に気をつけなければ、意図せずして、相手を犯罪者にしてしまう立場だったことを再度思い知る。

「倉持……」

みっともないほど弱気な声が出た。倉持が自分から離れていくのが惜しい。聖也とは違う意味で、これから先、傍らで参謀になってほしかった人物だったのだ。

「将臣、お前も俺もまだ青いんだよ。今じゃわだかまりを作るばかりだ。だから――、もっと大人になれば、いつかお前ともまたそれなりの関係を復活させられるかもしれないな」

逆光ではっきり見えなかった倉持の顔が、近くに来たことで、やっと将臣にも見えた。泣きそうな、それでいて何か憑《つ》き物でも落ちたようなすっきりした顔をしていた。

「くら……」

「じゃあな、将臣」

すれ違い様に別れの言葉を告げられる。あまりにも軽くて、また明日にも普通に会えるような感じがするほどだ。

「倉持、最後に一つだけ聞かせてくれ。どうして聖也のバースはリークしたのに、俺のバースは卓に伝えなかった？　卓は俺のことを知らずに、まったく無防備だった」

もし卓が事前に将臣がエクストラ・アルファであることを知っていたら、もっと面倒だったかもしれない。

通り過ぎる倉持に視線を投げかけると、彼の足が少しだけ止まった。

「……お前たちが傷つくのは望んでなかったから……かな。何かあってもお前が有利であればいいと無意識に思っていたのかもしれない」

倉持と視線が合った。自分自身でも心の整理がつかないのかもしれない。アンバランスな感情を持て余しているようにも見えた。

しかしそこには将臣への親友としての気持ちも見え隠れし、ただ彼を裏切り者という言葉だけでは片づけられないものがあった。

「そうか……」

何か事情がありそうな気もした。だからこそ今は彼が言うように、いつかまたそれなりの関係を復活させられるかもしれないという言葉を信じるしかない。

「またな、倉持」

歩き去る倉持の背中にいつもと変わらない言葉をかけると、彼が右手を上げて、その声に応《こた》えた。とてもそれが彼と会うのが最後だとは思えないような、ごく普通の挨拶だった。

そして翌日、倉持は家庭の事情という理由により、瑛凰学園を去った。

■ VI ■

目に光が眩《まぶ》しい。聖也は明るい陽射しの中、目が覚めた。真っ白な病室には規則正しい電子音が控えめに響いていた。

ふと隣を見ると、部屋の隅に置いてあるソファの上で私服姿の将臣が仮眠しているのが見えた。

この陽射しの強さからも、もう昼だ。どうやら将臣も学校を休んだようだ。起こすのも忍びなく、聖也はそのまま将臣の寝顔をベッドから見つめた。

相変わらず精悍《せいかん》な顔つきだが、どこか疲労の色が見え隠れしている。今回の事件といい、その前の喧嘩といい、彼にとても負担をかけてしまった自覚はある。

聖也は上半身を起き上がらせた。右手の点滴はもちろん、躰のあちらこちらにコードが繋がっているため、それ以上は動くことができない。どうにかして、ブランケットか何かを将臣の上にかけてやりたかった。

辺りをきょろきょろ見回していると、聖也が起き上がったことに気づいたのか、将臣が目を覚ました。途端、彼の双眸が聖也を射貫く。

「聖也……」

「あ……おはよう、将臣」

間抜けな感じがしたが、挨拶をするのが精いっぱいだった。

「あ、おはよう。まあ、もう昼だけどな」

「そうか……えっと、学校休んだのか？」

「休みたかったが、仕事を残していたから、今朝《けさ》朝礼だけ済ませた後、一旦実家に戻ってここに来た」

「そ、そうか。お疲れ様だな」

「ああ、あと、検査結果はすべて大丈夫だった。落ち着いたら帰ってもいいってことだった」

「いろいろ迷惑をかけたな。ありがとう」

それ以上会話が続かず、そこからしばらく沈黙が続いてしまった。

聖也としても、自分から喧嘩してしまったこともあり、どこできちんと将臣に謝ろうかタイミングを見計らうのが難しかった。思わず上掛けを握る手に視線を落としてしまう。

電子音が耳障りだなと感じ始めたときだった。

「聖也、俺のしたことは、本当に最低なことだと思っている」

突然将臣が俯《うつむ》きながら口を開いた。その内容に聖也の胸がまだ少し疼《うず》くが、それはもう嚙み砕き、自分の血肉へと取り込んだ。今は前を向いて歩いていきたいと願う自分がいる。皆に認められた将臣の伴侶になるには、聖也がオメガになるしかないのだ。聖也を愛するこの男を手に入れられるなら仕方がないと、今は思っている。

「……将臣、お前とは本当に運命の伴侶かもしれないな」

「え？」

それまで視線を伏せていた将臣が顔を上げ、驚いた表情をみせる。

「同じアルファの卓さんに襲われそうになったとき、本当に嫌だった。お前のときとは全然違った。オメガはアルファのフェロモンに太刀打ちできないって言うが、そういう意味では僕は卓さんにまったく反応しなかった。僕はお前じゃないと発情しない。それってやっぱりお前が運命の伴侶、『番』だってことじゃないか？」

聖也は勇気を振り絞って、将臣に告げた。自分も認めていることを伝えたい。

すると、聖也の気持ちを将臣はきちんと受け止めてくれたようで、みるみるうちに彼の瞳が大きく見開いた。

「ほ、本当か？　聖也……」

「少し不本意だけど、お前のしたことは強引で間違っているところもあったが、結果的にはあっていたのかもしれない……」

聖也はそのまま今までの自分の気持ちを続けた。

「最初は僕もオメガにされたことに当惑や怒りを覚えたし、いきなり『番』と言われて、感情もついてこなかった。それにお前は東條本家の嫡男だ。こんないい加減に『番』を決めていいわけがない。一時の感情で『番』を作るなんて、絶対駄目だと思った」

「聖也、それは……」

「でもそう思っているうちに、僕はお前の心配ばかりしていることに気づいた。僕が『番』になることで、お前が不利になったらいけないって、そんなことばかりを考えていた」

「そのことについては皆、了承しているし、聖也のことは歓迎している」

「うん、それはわかっている。そうじゃなくて、僕がお前の伴侶を嫌がる理由が、お前のことを考えたからだったんだ。自分がお前を嫌とか、そんな理由じゃないことに気づいて啞然《あぜん》とした」

「なぜ、啞然とするんだ？」

「それって、僕がお前のことを好きってことのような気がしたから」

「おい、そこは啞然とするんじゃなくて、やっぱりそうかって納得してくれよ」

「そうか、納得すればよかったのか」

なんだか楽しくて、つい笑ってしまうと、目の前の将臣の躰が固まった。そして短い奇声を上げ、頭を抱えた。

「くそっ、ここでもう少し聖也を養生させようと思ったけど、やめるぞ。帰るぞ。医者も問題ないって言っていたから、点滴が終わったら、即刻帰るぞ」

「え？」

「……我慢できない。聖也がそんなに綺麗に笑うからいけないんだ。いや、いけなくはないが、煽られる俺はどうしたらいいんだ」

その後も、将臣はわけのわからないことを散々呟き、そして点滴が終わると、あっという間に退院の手続きを済ませてしまったのだった。

＊＊＊

「だからって、いきなりホテルってどうなんだ」

聖也は真っ裸のまま、バスルームに連れ込まれていた。最初、一人で入るつもりだったのに、後ろから強引に将臣も入ってきたのだ。

そして今は備え付けてあったシャワージェルをバスタブに入れて、まるで外国映画みたいな泡いっぱいのバスタブに二人で向かい合って入っていた。柔らかなラベンダーの香りが鼻先を擽《くすぐ》る。

「褒めてくれ。これでもホテルにチェックインするまで我慢したんだ。その辺のラブホテルなんかだと、いろいろばれたら面倒だし」

確かに二人とも、制服は着ていないが、高校生でそんなところを使っていたことがばれたら大変だ。我慢してくれた将臣に感謝だ。

「ここなら部屋も綺麗で、ゆっくり聖也を抱ける」

「抱けるって――」

具体的な言葉に、恥ずかしくて言葉が詰まる。

バスルームに向かう前に、ちらりと見た部屋の雰囲気は、高校生二人には不似合いな豪華なものであった。きっとスイートルームと呼ばれる類《たぐい》の部屋に違いない。

ここのホテルが東條家と懇意にしているのだろう。

大体、このバスルームに設置してあるバスタブも育ち盛りの男子高校生が二人で入っても余裕の大きさだった。しかもジャグジーだ。

「ずっと、ずっと好きだったんだ、聖也。その聖也から好きって言われて、俺は幸せでどうにかなりそうだ」

甘く切ない声がバスルームに響く。聖也の尾てい骨から背筋にそってゾクゾクした痺れが走った。聖也こそ将臣に強く愛され、幸せを感じる。

きちんと言わなきゃ――。

真摯《しんし》にずっと愛し続けてくれた将臣にしっかりと言葉で伝えたい。

「将臣、僕も好きだ。気づくのが遅くて、お前に辛い思いをさせてごめん……」

「そんなことはいいんだ。お前がオメガになるように、黙って仕組んでいたことは確かなんだから。お前はもっと俺に怒ってもいい。どんな罵声《ばせい》でも受け止める覚悟はある。だが、絶対お前は手放さない。文句は聞くが、お前は俺のものだ」

将臣が聖也の手を引き寄せ、その胸で受け止めた。自然と将臣の膝の上に聖也が跨《またが》る格好となってしまう。そのため聖也の視線が少し上になり、将臣を見下ろす形となった。

「将臣……それって、もし僕が嫌だと断っても、僕の意見は聞かないってことか？」

「ああ、聞くには聞くが、俺と別れるのは許さない。嫌だと言われても、恨まれても放さないと決めている。その代わり、俺の全部をお前にやる。俺の『番』はお前だけだ。お前がいないと俺の魂は死んでしまう」

猛烈な愛の告白だ。プライドを一切捨てて接する将臣に、聖也は一層愛おしさを覚えた。

「大袈裟《おおげさ》だな、将臣」

「俺はずっと聖也の気持ちがこちらに向くまで気長に待つつもりだった。幼稚舎の頃からずっとお前を狙っていたんだ。この先だってずっと待っていられた。絶対お前が『番』だって確信していたから、いくらでも待つつもりだった。だけど、もうお前が俺のことを好きだと言うのなら、遠慮はしない」

将臣の顔が間近に迫る。胸がどきどきする。将臣と十数年も一緒にいるのに、こんなにときめくのは初めてかもしれない。

「最初から遠慮なんてしていないだろ？」

「ああ、そうだな。遠慮するなんて余裕は俺にはなかったな」

将臣は小さく笑うと顔を上げた。彼の笑顔に引き込まれるようにして、聖也は下を向き、そっと唇を重ねた。啄《つい》ばむような短いキスを何度もし、熱を共有し合う。

「愛している、聖也。俺と一緒に生きてくれ」

「一緒に生きてくれなければ困る。僕たちは運命の『番』なんだろう？」

「ああ、そうだな」

将臣が返事をしながら、聖也の下唇を食《は》むようにして甘噛みをした。

何度も鼻先を擦り合わせ、お互いに唇を求め愛の確認をする。そうしているうちに、将臣の指先が聖也の頬から顎《あご》の輪郭を確かめるようにして、首筋に滑り落ちていった。

そのままゆっくりと指は首筋をなぞり、そしてすでにキスだけで反応し腫れ上がった聖也の泡に塗《まみ》れた乳首に指を絡ませる。

「あっ……」

キスの合間に声が漏れてしまう。

「どうした？」

「……あ、そこじゃない……ああっ……」

もっと下を触ってほしいのに、小さな刺激に待ちかねた快感が溢れてきて、聖也は思わず声を出してしまった。

「でも、ここも気持ちよさそうだぞ」

「そんな……あっ……」

続けて将臣は指で弄っていないほうの乳首を口に含んだ。

「やっ……ん……あっ」

舌の上で乳頭を転がされる。そのたびに下半身に淫猥《いんわい》な痺れがダイレクトに伝わる。直接的に触れられないせいで、官能の焔《ほのお》が燃えきれず、聖也の中で燻《くすぶ》り、そして悶《もだ》えさせた。

「あ、もう……将臣、早く……」

いつもよりもずっと早く達きそうになる。将臣の熱を取り込む前に、乳首だけで果てそうになった。

泡で下半身は見えないが、将臣の膝の上に座っているので、聖也の劣情が大きく震えているのは、彼にもわかっているはずだ。聖也も将臣の下半身が膨れ上がって、聖也の下腹部を擦っているので、彼も準備万端であることがわかるのだから。

聖也は腹いせとばかりに将臣の男根を軽く握ってやった。途端、彼の表情が歪む。

「くっ……この悪戯《いたずら》猫が」

「将臣……焦らすな……」

「お前から欲しがられるのが嬉しくて、焦らしたくなる」

「バカ……」

声が自然と甘くなってしまった。

「なあ、聖也、俺が欲しいって言ってくれ」

懇願するように言われる。これではどちらが優位な立場にあるエクストラ・アルファなのかわからない。

将臣のほうがずっと力があるはずなのに、聖也にはとても敵《かな》わないと態度で示してくる。

本当は強いのに、どこか支えてやらなければと思えるほど彼が愛おしい。

「……欲しいよ。将臣、お前が欲しい。挿れて」

愛おしさが募り、彼の頭を胸に抱きしめる。

「聖也……っ」

彼の吐息が乳首に触れたかと思うと、腰を掴まれ、乱暴に屹立の上に移動させられた。

「あっ……」

今から得られる疼痛に胸が高鳴る。だが、彼の亀頭が聖也の入り口に触れるか触れないかのところで、お預けされた。

「あ……お願い、将臣、早く……」

「煽るな。お前を大切に抱きたいのに、加減ができなくなるだろう」

「加減なんてしなくてもいい。将臣のそのままの欲情が欲しい――」

「聖也」

再び将臣がキスを求めてくる。聖也もそれに応え、唇を合わす。それだけで全身が研ぎ澄まされ、疼くような感覚がそこかしこに生まれた。

「挿れるぞ」

切羽詰まったような声を耳にしたかと思った途端、灼熱《しゃくねつ》の楔で貫いてきた。

「ああああっ……」

一瞬にして躰の芯から歓喜が溢れ出した。擦れ合う縁がチリリと痛みを発したが、すぐにそれも快感へと変わっていく。泡だらけになった湯が大きく波打ち、ふわりとシャワージェルのラベンダーの香りが鼻につく。躰ごと揺れるような感覚に煽られて聖也の喜悦が大きく膨らんだ。

己の体重がかかる分、腰が沈み、いつもより深い場所まで将臣の情欲を呑み込んでしまう。

「あっ……はあっ……」

「聖也……いい……」

将臣の熱の籠った声が聖也の鼓膜を濡らす。それと同時に、聖也の中にいる将臣が嵩《かさ》を増し、ずるずると隘路の淫壁を擦り始めた。

「ああ……はっ……あ……」

彼の熱をもっと味わいたくて、下半身をきつく締めつける。すると将臣のエクストラ・アルファのフェロモンが一気に溢れ出た。

「っ、将臣、フェロモン、抑えろ。きつい……っ……ああっ……」

彼を受け入れたばかりだというのに、聖也は呆気《あっけ》なく精を吐き出してしまった。そのまま彼の肩に凭れかかる。

「早いな。まだまだだろ？　聖也。もっと二人で愉《たの》しもう」

将臣と視線が絡み合う。その視線にさえ男の色香を感じ、聖也の躰が沸騰しそうなほど熱を持った。

「あっ……」

下から激しく突き上げられ。聖也はあまりの快感に眩暈を覚える。狂おしいほどの愛しさに、縋るように将臣の張りのある筋肉に覆われた背中に手を回した。

「まさ、お……みっ……あああぁっ……」

最奥まで入り込んでくる灼熱の楔に、躰が痺れ、どこもかしこも熱くてどうにかなりそうだった。隙間なくぴっちりと蜜路を将臣に埋め尽くされ、充足感に心が潤う。

心が躰ごと蜜のように溶けてしまいそうだ。

「あっ……ああっ……ま……さお……みっ……ああっ……」

「聖也……聖也……」

「だめ……っ……深いっ……これ以上は……まさ、おみっ……ああっ」

甘い疼痛に、バスタブの底についていた足から力が抜け落ちる。ずるずると重力に引き搯られるまま、聖也は将臣の劣情を躰の奥深くまで咥え込んだ。

「はああっ……あああっ……」

聖也の下半身に熱が一気に溢れ返る。

「あっ……はあはあはあ……」

意識が遠のきそうになるのを、懸命に留《とど》めるが、それを阻止するかのように、将臣が動きを激しくした。

上下に大きく揺さぶられる。バスタブからもこもこと泡が溢れ出て、バスルームの床を泡だらけにする。

「あっ……もう……だめ……っ……死んじゃう……ぅ……はっ……」

「くっ……」

将臣の低く唸《うな》るような声が聞こえたかと思うと、聖也の躰の最奥で、熱い飛沫が飛び散るのを感じた。将臣が中で達ったのだ。しかしそれで安堵はできなかった。量がいつもより数段多かった。

「な……なぜ、そんなに多い……んだ……あっ……ああ……」

「やっと『番』と心が通じ合ったから、こうなったんじゃないか……っ……」

「そんな……聞いたこと……な……い、ああっ……たくさんっ……ああっ……」

中が将臣のもので溢れ返る。繋がった部分から精液が染み出る感覚に悶え、そしてまた聖也も続けて射精してしまった。

「駄目だ、全然萎《な》えない。もう少し付き合えよ」

将臣はそう言って、聖也の返事を聞かぬうちに、再び腰を動かし始める。

「なっ……ああ……っ……」

三度も立て続けに達ったのだ。呼吸困難で聖也は声を出すのも辛かった。しかし抵抗をあまりしなかったのを承諾と受け止められたのか、腰を鷲摑《わしづか》みにされ、また奥へと男の欲望が捻《ね》じ込まれる。

「あっ……もうっ……」

逃げようとしても逃げられず、どこまでも奥へと入り込んでくる淫猥な熱に、聖也は理性を保つのがやっとだ。

快感に過敏になった躰は、聖也の心を裏切り、『番』である将臣を貪欲《どんよく》に欲する。

「あっ……ああっ……はああっ……」

バスルームに甘い声を響かせ、聖也は本能のまま再び将臣と睦《むつ》み合った。

＊＊＊

聖也は将臣の胸の中で微睡《まどろ》んでいた。

あれからバスルームで二回交わった後、中に出したものを処理すると言って、結局それだけでは済まず、さらにまた一回抱かれた。

半ば眠るように崩れた聖也を将臣は綺麗に清め、ベッドまで運んでくれた。朝になっても居心地のいい将臣の胸の中で、うつらうつらしていると、将臣の囁く声が聞こえてきた。薄目を開けると、彼がスマホでホテルの受付に何かの連絡をしていた。

聖也を胸に抱いているため、内線用の電話に手が届かなかったのだろう。動いて起こさないように、外線を使って受付に連絡を入れていたようだ。

将臣の端整な顎のラインを見つめていると、彼とふと目が合った。

「悪い、起こしたか？」

「いや、ちょうどよかった。そろそろ起きないとまずい時間だろう？」

「いや、夕方までなら、この部屋でぐだぐだ過ごしても大丈夫だ。もう少し寝てろ。昨夜《ゆうべ》は無理させたからな」

さりげなく額にキスをされる。そんなことを普通にこなしてしまう男に、聖也は甘ったるい目で睨むしかない。

「朝から煽るよな、聖也は」

そしてまた額に将臣がチュッとキスをした。

「煽ってなんかいないぞ」

聖也はそう言いつつも、煽っていたかもと思い直す。彼の視線をスマホからこちらに誘導したかったのは確かだからだ。

将臣の唇が意図を持って聖也の肌の上を滑り出す。聖也はされるままになり、彼の熱を受け止めた。

「俺は自分がエクストラ・アルファとわかったとき、やはり聖也は俺の運命の『番』だと確信した」

将臣の指先が悪戯に聖也の臀部に触れる。

「あのとき、お前はまだバース判定が出ていなかったが、お前がアルファであっても、そうじゃなくても、俺がエクストラ・アルファなら必ず番うことができる。嬉しくてたまらなかった」

「最初は、僕が邪魔だったから、アルファとしてのエリートコースから外したかったんじゃないのかって思ってたよ。大体お前、僕に堂々と総帥の座は一つしかないから他のアルファは敵だ、みたいなことを言ったじゃないか。あんなこと聞かなければ、僕もこんなふうに誤解して思い悩むこともなかったんだぞ」

「あれは失言だった。俺にとって聖也はまったく別格で、他のアルファとは違うんだ。所謂《いわゆる》、俺が敵と見なしているアルファという認識には当てはまっていなかったんだ。だからお前相手にあんなことが平気で言えた。お前のことじゃないって勝手に俺が思い込んでいただけで、お前に対して配慮が足りなかった。後で悔やんだよ……あ……」

突然、将臣が何かに思い当たったかのような顔をした。そのまま考え込むような仕草を見せる。

「どうした？　将臣」

「いや、同じこと、あいつに誤解させていたのかもしれないと気づいた……」

「あいつ？」

聖也の声に、将臣は小さく笑みを浮かべた。でもそれはとても幸せそうには見えない、傷ついた顔だった。

「将臣、何かあったのか？」

そんな表情はあまり見たことがなくて、心配になった。将臣が飄々《ひょうひょう》と躱《かわ》せない何かが聖也の知らないうちにあったのだ。

「将臣……」

「……倉持が昨日、退学した」

「ええ？　倉持君が？　急だな」

「ああ、家の事情ということで退学したが、本当は俺のことを憎んでいたようだ」

将臣の瞳がわずかに揺れたような気がした。

「倉持のことも、俺は他のアルファとはまったく別に思っていて、本当に信用していた奴だった。だが、あいつにはそれが伝わっていなかったんだろうなって、今気づいたよ」

将臣は、消え入りそうな声で呟き、自嘲《じちょう》した。その様子から、倉持が退学した理由が家の事情ではなく、何か将臣に関係したことだったのだろうと推察できた。

だが、将臣が言いたくないのなら、聞かないほうがいいのだろう。

「倉持の家のことを調べたら、資金繰りが悪化して破産寸前だった。どうやら東條の息がかかった銀行から父親が経営している会社への出資を止められたようだ。たぶん俺に関係があると思う。俺を陥れようとしている東條家の誰かがやったんだ。倉持は何かを盾に脅されていたのかもしれない」

「倉持君が……」

そんなふうにはまったく見えなかった。いつも飄々として上手くこなしていく。そんなイメージだ。家がそんな大変なことになっているなんて思いも寄らなかった。

「大変なら、俺に一言言ってくれれば力になったのに、あいつは俺を信用していなかったんだ。それよりか破産に追い込まれそうになっている原因となった俺をきっと憎んでいたに違いない」

将臣は大きく溜息をついた。久々に見る傷ついた顔だ。きっと倉持が将臣に何かをしたのだろう。聖也には言えない何かを――。

聖也がその顔に手を伸ばすと、将臣が驚いたように目を見開いた。その目をじっと見つめ、言葉をかける。

「違うと思うよ。倉持君は家のことでお前に迷惑をかけたくなかったんじゃないか？　それに言えばお前が悔やむのもわかっていたから、知られるのも嫌だったんだろう。それこそお前と東條家や他の繋がりも何もなかったのに、気が合って中等部からずっと付き合ってきたんだろう？　今さらお前のことが憎いなんて言うか？　そんな付き合いじゃなかっただろう？」

「聖也……」

「倉持君はお前のそういう言い足りないところも、全部理解しているよ、きっと。大体、僕も時々お前たちの同胞みたいな感じに嫉妬《しっと》したことがあるくらいだ」

「え？　聖也、嫉妬してくれたのか？」

現金に彼がちょっとだけ元気になる。その様子に笑いながら聖也は話し続けた。

「まあ、ちょっとだけ、お前たちの輪には入れないな、って思ったことはあったよ。だから、今は辛いかもしれないけど、倉持君を信じてやれよ。きっといつかまた彼と違う形で出会えるさ」

倉持とやはり何かあったのだろう。だが、将臣がここに生きて存在しているということは、彼が将臣に害を成そうとしたのではないということだけはわかった。それは倉持が本当に将臣を憎んでいないという証拠にもなると思う。

「……そうだな。ありがとう、聖也」

彼が縋るようにぎゅっと聖也を抱きしめてきた。聖也も彼の首筋に顔を埋める。

自分たちや倉持だけじゃない。花藤や従兄弟の卓、その他大勢の人間がバースによって人生を大きく動かされる。

バースは切っても切れない運命かもしれないが、その波に呑まれることなく、前向きに生きていかなければならない。誰にでもちゃんと運命の神様からギフトが用意されているのだから。

「聖也が『番』で俺は幸せ者だな」

「多少強引に『番』というものを引き寄せたような気がするけど？　まあ、でもお前の『番』として、僕もオメガの自覚を持たないといけないかな。アルファとオメガではいろいろと違うし……」

アルファに未練がないと言えば嘘になる。だが、将臣を生涯自分のものにできると思えば、オメガも悪くない選択だった。だが。

「聖也はアルファだ。俺に反応してオメガの性質を帯びたが、アルファの能力はそのままだ。東條のシステムからお前が外れることはない。それにお前だったら逆に俺が隷属する。お前はアルファとして俺を支配すればいい。だから俺の『番』になってくれ。絶対後悔させないから。幼馴染《おさななじみ》や親友、相棒という関係では足りないんだ。こんなのお前だけだ。だから――」

「将臣……」

しがみつかれたまま告げられたので、彼の表情がよくわからない。ただ、まだ聖也の言動の何かが彼を不安にさせていることはわかった。

「あのな、将臣。わかっているか？　僕はお前の唯一の弱点なんだろう？　お前のエクストラ・アルファの力を全部無効化できる力を得たんだろう？　全部お前が僕を愛してくれている証拠だ。こんなに僕のことを愛しているお前を得られるなら、別に僕は本当にオメガになっても構わないと思っている」

聖也はここで一旦言葉を切った。改めて意志を固める。もう二度と後戻りはしないと決めた。一世一代の決心だ。

「将臣、僕をお前の『番』にしてくれ。お前じゃないと、僕は誰とも番いたくない」

「聖也――」

「愛している、将臣。気づいていなかっただけで、たぶん会ったときからずっと愛していた。お前がいない人生は、きっと僕も考えられない」

言った。とうとう言ってしまった。撤回ができない大切な言葉を将臣に告げてしまった。

しかし将臣からは何も反応がなかった。

「将臣？」

心配になって声をかけると、彼の肩がわずかに震えているのがわかった。もしかして泣いているのかもしれない。聖也はそっと彼の背中に手を回し、さすった。

「僕の本気を甘く見るなよ？　お前が飽きたって言ったって、引っついていくからな」

その言葉に将臣は声もなく大きく首を横に振った。絶対飽きるなんてことはないと言っているようだ。

こんな情けない将臣を見られる人間は、世界中探しても誰一人としていないだろう。聖也だけだ。聖也だからこそ、彼のいろんな姿を見ることができる。これからもずっと。

「愛している、将臣」

何度言っても言い足りない言葉をもう一度繰り返す。するとやっと将臣も声を出した。

「俺のほうが愛している」

その言い方に思わず笑ってしまうと、将臣がようやく顔を上げた。少し目元が赤い気はしたが、そこは気づかない振りをしてやる。すると、将臣の表情が急に真剣味を増した。そしてベッドの上の睦言らしからぬことを言い出した。

「聖也の気持ちがはっきり決まったなら、もう迷いはない。父がお前のことをとても気に入っていて、来年、俺が高等部を卒業すると同時に、お前を東條家親族やお歴々の方にお披露目をしたいと言っている」

え？

何やら話が大きくカーブしたような気がする。気のせいだろうか。

「とりあえず、お前はアメリカの大学に進むんだろう？　その前には内々の面通しはしたいしな」

「な……将臣、お前はどうしてそういう大切なことをこんなときに言うんだ。うちの両親にはお前がどさくさに紛れて『番』の話をしたきり、何も話はしていないいんだぞ。僕が初めて発情期を迎えて一騒動あってから、まだ実家には帰っていないんだ。いきなり東條家本家の当主から連絡があったら、驚きで一家全員の息が止まるぞ」

それもそうだな、と将臣は呑気《のんき》に返事をする。

「それじゃあ、今度の週末に、俺と聖也の二人で、さっそく聖也の実家に挨拶に行こうか」

まるで映画でも観に行こうかくらいの軽いノリで言われるも、聖也やその家族にとっては、東條本家の嫡男の訪問を受けるということは大変な行事となる。

「だから将臣、そこはもう少し空気を読んで……」

「ああ、今急ぐべきことは、そんなことじゃないことはわかっている」

「え……」

「まずは聖也ともう少し愛を分かち合うのが先だよな。俺もそこはちゃんと空気は読めるぞ」

将臣はそう言いながら、くるりと躰を反転させ、あっという間に聖也を組み敷いた。

「将臣！　そうじゃなくてっ……」

「愛している、聖也」

将臣の愛の囁きとともに、ベッドがぎしりと軋《きし》んだ。

数日後、当初の約束を反故《ほご》にされ、いきなり父である東條本家当主を伴って貴島家を訪れた将臣に、聖也の家族の息が止まりそうになったのは言うまでもない。

END

腹黒アルファと運命のつがい―社会人編―

実は聖也《せいや》は朝が弱い。

だから働かない頭に気合を入れるために、朝目が覚めたら、まずはブラック珈琲《コーヒー》を飲むことから始める。

そしてそれを飲みながらぼぉっとしていると、目の前のテーブルに次々と相方の作った朝食が並べられる。

ご飯と味噌汁《みそしる》の時もあれば、フレンチトーストとサラダという日もある。

聖也は、朝は絶対これ、というものがないので、出されたものをありがたくいただくだけだ。もぐもぐと食べていると、頬《ほお》にキスをされたりするが、それも日常茶飯事なので驚くこともない。

そうして食べているうちに血液が頭に回り、やっと思考がまともに動くようになる。そうなると今度は自分の番だ。相方の分も合わせて食器を洗い、後片づけをするのが日課になっていた。

聖也が食器を洗っていると、リビングから声がかかる。

「ああ、そうだ聖也、今夜は遅くなる。実家に呼ばれた」

「わかった。ちゃんと手土産《てみやげ》持って行けよ、将臣《まさおみ》」

彼のほうをちらりと見遣《みや》ると、ちょうど将臣がネクタイを締めているところだった。

将臣が高校を卒業して十年。ずっと一緒に暮らしている。

高校卒業後は、将臣も聖也を追ってアメリカの大学に進学したので、大学近くのアパートでルームシェアをして暮らした。日本に帰ってきてからは、この都内の高級賃貸タワーマンションに居を構えている。

「僕も一緒に実家へ行ったほうがいいか？」

「いや、大丈夫だ。お前が行ったら、母がお前を放さないに決まっている。適当に顔を出して帰ってくるつもりだ」

「わかった。確かにお義母さんに捕まったら、ちょっと大変かな」

聖也は苦笑いをした。姑《しゅうとめ》に好かれるのは嬉《うれ》しいことだが、将臣の母は聖也がお気に入りで、まず遊びに行くと、一晩中、放してくれない。そう、文字通り一晩中だ。酒豪なので、酒の相手をさせられるのだ。

将臣も夜まで付き合わされるのに辟易《へきえき》しており、なるべく聖也を連れて実家に帰らないようにしている。

「そろそろ竹内《たけうち》さんが迎えに来る時間だ。聖也、スーツに着替えろよ」

「あ、今、洗い物、終わった」

　聖也はすぐに部屋に着替えに戻った。

　二人はアメリカの大学を卒業し、日本で東條《とうじょう》グループ傘下の商社、イーステックに入社し、今はそこの資源開発企画室に席を置いている。

　将臣は北アフリカ担当部門長で、幹部候補生の一人として日々忙しく働いている。聖也は、一度は幹部候補生として名前が上がったが、それを辞退し、将臣の補佐をすべく筆頭秘書として毎日を忙しく過ごしていた。

『番《つがい》』としての絆《きずな》も紆余《うよ》曲折《きょくせつ》を経て益々盤石となり、まだ公表はしていないが、夫婦同然で一緒に暮らしている。

　公表していないのは、普通は男性アルファが同性と結婚できるのは相手がオメガである場合だけだからだ。入籍して結婚したことを公表すると、将臣か聖也が実はオメガであると思われてしまう。

　そして東條本家の将臣が力のあるアルファであることはすでに広く知られていることもあり、必然的に聖也がオメガであると誤解されるのはわかっていた。そのため、将臣は公表することを避けている。

　聖也としてはオメガと思われても、今さらあまり気にしないのだが、将臣が気にしているのだ。勝手に聖也をオメガにしてしまったことに今でも罪悪感を覚えているらしい。いくらもう気にしないと言っても、将臣は自分で自分を許せないようだ。

挙句の果てには、将臣が、自分がオメガだと嘘《うそ》の公表をすると言い出して、ややこしいことにもなった。

結局、聖也も改めて周囲に結婚すると言うのも気恥ずかしくて、なんとなく公表せずに今に至っている。

国の機関には『番』として登録してあるので、世間に公表していなくても何も問題なく済むのも理由の一つだ。

ただ時々、誰《だれ》かに祝福されたいという小さな願いが生まれるのも確かであるが。

インターホンが鳴る。どうやら運転手の竹内が迎えに来たようだ。

聖也は慌てて将臣と二人で会社へ出かけたのだった。

＊＊＊

「それで今日、東條部門長は、愛《いと》しの聖也先輩を置いて定時で帰られたんですね」

聖也の前で、可愛《かわい》らしい唇をツンと突き出しながら、砂肝の串《くし》を豪快に食べる男は、高等部からの後輩でもあった花藤《はなふじ》だ。

高等部時代は聖也のこともあって、将臣と花藤は犬猿の仲ではあったが、聖也がアルファオメガであることも含め、すべてを知っている花藤を、今は聖也の良き理解者兼相談相手として将臣が認めた形となって和解している。

実際、花藤は口が堅い男であり、アルファにも見劣りしない有能な人材だ。

結局、将臣は彼の才能も認め、就職活動をしていた花藤に直接声をかけて、今は自分の下で働いてもらっている。

後で、花藤はそっと聖也にだけ教えてくれたが、オメガゆえの体質と共に受け入れてくれる企業に就職できたのは将臣先輩のお陰だと、にっくき仇《かたき》であった将臣に、こっそりと感謝していた。

「たとえ実家だとしても、東條家本家のお呼びでは、将臣も断れないからな」

「東條部門長でも、東條家の力には敵《かな》わないんですね……」

「世間的だけじゃなく、バース社会においてもトップクラスの一族だからな」

「バースかぁ……。百年くらい前はこんな性質なかったんですよね？　ああ、本当になくなってくれればいいのに。オメガなんて二か月に一度も発情期が来るんだから、本当に生活に支障ありまくり」

そう言いながら、花藤は見た目の可憐《かれん》さとは裏腹に、豪快に砂肝を口に咥《くわ》えて串から引き抜く。

「あ、そういえば、高等部のとき、退学した倉持《くらもち》って覚えてますか？」

「え？　倉持？　ああ、覚えている。生徒会執行委員長だった彼だろう？」

「オメガ友達からすっごいカッコイイ刑事がいるって聞いて、写真を見せてもらったら、倉持だったんです。びっくりして。東條部門長は知っているかなぁ。聖也先輩は知ってました？」

「いや、僕は知らなかったけど、将臣は知っているかもな」

将臣のことだ。親友だった男の行方はきちんとチェックしているだろう。

だがそれを聖也に知らせていないということは、過去のわだかまりがまだ解けていないことも意味する。

高校生のときは知らなかったが、聖也が従兄弟《いとこ》の卓《すぐる》に誘拐されたのは、どうやら倉持が関与していたことを、後で別のルートから知った。

将臣は決してそのことを聖也には言わないので、聖也も知らない振りを続けている。

ただ、将臣も聖也自身も、倉持に事情があったことは察している。

「そうか……倉持、刑事になっていたんだ」

彼の姿を思い出し、懐かしさに胸が疼《うず》く。

「急に学園を辞めたときは心配したけど、元気そうでよかった。友達、倉持にアタックするって言ってたから、何か倉持のことがわかったら、先輩にも報告しますね」

「楽しみにしてるよ」

何も知らない花藤は、過去に消えた旧友の消息がはっきりして嬉《うれ》しそうだった。

「ああ、でも、本当にイーステックに拾ってもらえてよかった。発情期、会社の有休とは別で休みが取れるし。僕のオメガ友達、みんな苦労して会社に行ってるんですよ」

倉持になんのわだかまりもない花藤は、すぐに次の話題へと移っていく。それをありがたく思いながら、聖也も彼の話題に乗る。

「そうだな、まだオメガの発情期を甘く見ている人が多いからな」

「そうそう、発情期なんかで会社休むな！　って言われるらしいですよ。それでフェロモン振り撒《ま》いて、アルファやベータが引っかかったら、こっちが犯罪者扱いだし」

花藤は、未《いま》だオメガであることに劣等感を抱いているようで、時々こんな話題が口に出る。そして最後には必ず決まった言葉を口にした。

「あ〜あ、オメガじゃなかったらよかった。アルファだなんていう贅沢《ぜいたく》も言わないから、発情期なんて気にせずに、バリバリと働くスマートなサラリーマンになりたかった」

本音だろう。だが花藤ならオメガでもきっと一線で活躍できる人材になれるだろうと信じている。彼は努力家だ。

「僕はオメガになれてよかったと思ってるよ」

聖也の言葉に花藤が顔を上げる。

「愛する人と一生番《つが》うことができるのはオメガだけだ。オメガでなければ、愛する人がいつ運命の『番』と出会い、自分を捨てる日が来るのか、びくびくして過ごさないとならないからな」

聖也も将臣の『番』で本当によかったと、今では思う。アルファ同士であれば好き合っていても、どちらかに万が一にも『番』が現れると、本能的に別れることになる。どんなに愛し合っていても、抗《あらが》えず、そして奪われる。

そんないつ現れるかわからない『番』に怯《おび》える毎日を過ごすなんて、今の聖也ではとてもできない。

「だから君は幸せになれる権利を手に入れたと思えばいいんだ。まだまだ世間的には低く評価されるところもあるが、そんな偏見を持った人間は、相手にするな。少なくとも僕や将臣は君の味方だしね」

「聖也先輩……」

「自分を大切にするため、『番』ができるまで花藤君もちゃんと発情期をコントロールするようにしてくれ。僕も協力するよ」

「ありがとうございます」

花藤は再び下を向き、目元を指先で擦《こす》った。そしてすぐに顔を上げ、聖也に告げてきた。

「まだオメガについては完全に吹っ切れていないですし、複雑な思いはあります。ですが、オメガとして生きるしか道がないこともわかっています。少しずつ自分でも前向きなビジョンが持てるよう努力します」

「君が納得できるまで葛藤《かっとう》するといいよ。きっといい結果が待っている。無責任な言葉じゃないよ。花藤君の普段の様子を知っているから、僕は確信しているんだから」

「僕がもし番に出会えたら、一番に聖也先輩に報告しますね」

「ありがとう。それは楽しみだな」

二人はそれからさらに花藤の理想の伴侶《はんりょ》について語り、終始和やかに食事会を終えた。

＊＊＊

食事を終え、聖也はタクシーで花藤を送り、そのままマンションへと戻ってきた。

ミネラルウォーターを切らしていたことを思い出し、すぐ近くのコンビニの前でタクシーを降りる。他にワインのつまみになるようなものも買って用を済ませた。店員の「ありがとうございました」という声を背中で聞いて、二分も歩かないうちにマンションのエントランスだ。

聖也は歩きながらスマホを取り出し、ＳＮＳを使って、将臣にもうすぐ家へ到着すると文字を打ち込む。将臣はまだ実家かもしれないが、帰宅したことだけは伝えようと思った。そのときだった。背後から聖也に声がかかる。

「ミスター貴島《きじま》」

名前を呼ばれ、聖也は振り返った。そこには褐色の肌をした彫りの深い顔立ちの男性が立っていた。スーツを着こなしているが、その容貌《ようぼう》から中近東出身であろうことがわかる。

「どちら様ですか？」

ビジネスに関係する人物の顔は、秘書という仕事柄、すべて覚えている。だが目の前の男はまったく記憶になかった。

しっかりした体軀《たいく》。どこかエグゼクティブな雰囲気を醸し出す男は、ゆっくりと聖也に近づいてきた。

「アルファオメガがいるところ、必ずエクストラ・アルファがいる」

え――？　この男、何者？

そう思った瞬間、鼓膜にグワァンという何かが振動するような大きな音が鳴り響いた。

途端、聖也の躰《からだ》が痺《しび》れて立っていられなくなり、地面に膝《ひざ》をついた。

これ、この力……、エクストラ・アルファ――！

アルファの中でも強い能力を持つと言われている聖也にダメージを与えられるのは、ごく限られている。聖也以上の力を持つアルファか、もしくはエクストラ・アルファだ。

「まさか、あなた、エクストラ・アルファ……じゃな……」

外から締めつけられるような圧力に聖也の意識が急激に薄れていく。気管が狭くなり酸素を供給するのが苦しくなってきた。

あ……将臣……。

聖也の意識は最後に愛しい男の名前を呼んで途切れた。

＊＊＊

どこか遠くで男が興奮して喋《しゃべ》っている声が聞こえた。その声に触発されて急激に意識が浮上する。

「くっ……」

重い瞼《まぶた》を持ち上げると、真っ暗な闇《やみ》にわずかな灯《あか》りが灯《とも》った空間にいた。どうやらソファの上に寝かされているらしい。

「起きたか？」

左側から声が聞こえ、視線を向けると、テーブルの向こう側には先ほどの褐色の肌をした男が悠然とシャンパングラス片手に座っていた。

「っ！」

聖也は身の危険を感じ、一瞬で起き上がった。急に躰を動かしたせいか、ふらりと眩暈《めまい》を覚え、ソファに手をつく。

「急に動かないほうがいい。水でも貰《もら》おう」

男がそう言ってスマートに片手を上げると、すぐに黒いスーツを着た男が傍らに現れた。

「水を」

黒いスーツの男はすぐに消えた。聖也は目の前の男に警戒しつつも、今度はゆっくりと躰を起こした。

どうやらここはどこかの劇場の貴賓客用のバルコニー席のようだ。オペラか何かをやっているらしく、下から淡い光と先ほどから興奮した男の声が響いていた。

それによく見れば、黒いスーツを着た男は他に四人ほど壁際に立っていた。その風貌《ふうぼう》からSPを想像させる。

「……ここは？」

異様な雰囲気に聖也は仕方なしに目の前の男に尋ねた。男は整った口許《くちもと》をわずかに歪《ゆが》め、鷹揚《おうよう》に笑った。

「落ち着いているのだな、ミスター貴島」

「開き直っているのです。あなたはエクストラ・アルファでしょう？　なら僕がどう足搔《あが》いてもあなたには敵いませんから、抵抗しても無駄だとわかっているんです」

「面白い男だな」

男は聖也の答えが気に入ったようで、楽しげに笑った。

「バルコニーの下を見るがいい」

聖也は言われるがまま、バルコニーへと近づき、眼下に広がっていた舞台に視線を落とした。

「……っ」

そこではオペラではなく、まさにSMショーらしきものが催されていた。

先ほどから聞こえていた興奮した男の声は司会者のものだった。その男の声に搔《か》き消されて気づかなかったが、一人の少年が何人もの男たちに犯されている。

少年はオメガだ――。

聖也はすぐに褐色の肌の男に振り返った。すると男は聖也が何を言いたいのかすぐに理解したようで、口を開いた。

「ああ、中央で複数の男たちに嬲《なぶ》られているのはオメガだ。今日は他に十人ほど待機しているようだ」

「十人……。まさか全員こんなおかしなショーに出すと言うのですか？　これは犯罪です！」

「そうだ犯罪だ。それに彼らは、どこからか誘拐されたり、人身売買でここに連れてこられた、違法な方法で囚《とら》われたオメガたちばかりだ」

「な……」

恐ろしい事実を聞かされ聖也が固まっていると、男は淡々と話を続けた。

「先日、私の可愛い小姓がここに連れ込まれ、聞くも堪えない酷《ひど》いプレイを受けて、大けがをした。未だ入院している」

え？

その言葉に聖也が男へ振り向くと、彼は淡々としているようで、実は憎らしげに双眸《そうぼう》を細め、辛《つら》そうに語っているのがわかった。小姓のことを本当に心配しているのだ。

どういうことだ？

敵ではない？

聖也はますます自分の置かれた立場がわからなくなった。聖也がそのまま男をじっくり観察する。男はそれに気づいているだろうに、こちらを向くことなく続けた。

「ただ私が可愛がっていたというだけで、嫌がらせに誘拐され、ここで痛めつけられたのだ。可哀想《かわいそう》なことをした」

なんと言葉をかけていいかわからない。彼は実は悪い人間ではない気がするが、それでも警戒を簡単に緩めることはできなかった。

「……僕をどうするつもりですか？　このショーに参加させようと言うのですか？」

聖也のその言葉にやっと彼の視線がこちらに向けられた。するとまた何やら楽しそうに笑った。

「いや、そんなことをしたら私が犯罪者になってしまうだろう？　私が懲らしめたいのはここのオーナー、私の義兄だ。ご覧の通り、罰則の緩い日本でいつも遊んでいる」

「ここのオーナーがあなたのお義兄さん？」

益々意味がわからない。だが今まで手にしたわずかな情報から、どうやらこの男の大事にしていた小姓を、義兄によっていたぶられたことはわかった。義兄弟仲があまり良くないようだ。

だが、それがわかったところで、聖也はやはり彼をじっと見ていることしかできない。

すると、彼が鷹揚に肘《ひじ》をつき、その手の甲に優雅に自分の頬を乗せ、やっと答えを口にした。

「君をここに連れてきたのは、君がアルファオメガだからだ」

「どうしてそれを……」

「エクストラ・アルファは自分の匂《にお》いをわざと一般に紛れさせ、普通のアルファのような偽装ができる。だがアルファオメガはそれができない。他のバースには気づかれないかもしれないが、エクストラ・アルファからしたら、すぐにアルファオメガを見つけることができる」

「僕がアルファオメガだとして、あなたは僕をどうするつもりですか？」

「アルファオメガは金の卵を産む稀少種《きしょう》だ。それゆえに国際的に機密扱いのバースでもある。万が一知られたら、各国の犯罪組織から狙《ねら》われることになるからな。それゆえに国家組織のレベルの特殊部隊が動くだろ？」

厚生労働省のバース管理局の特殊部隊のことを言っているのだろう。

「義兄に少しお灸《きゅう》を据えたい。だが、私があからさまに手を出すのは少々問題があってね。それで君の力を借りようと思ったんだ」

「僕の力？」

「君をここに連れてきたことで、特殊部隊が君を保護するためにここに来るだろう？　そうしたら偶然このクラブが発見できる。ついでにこの秘密のクラブを摘発でもしてくれたらありがたい」

「このクラブをバース管理局に摘発させるために、わざと僕をここに連れてきたと？」

「そうだ」

「なるほど、そういうことでしたか、カーディフ殿下」

いきなりバルコニー席の出入り口のドアが開き、そこに将臣が立っていた。壁際にいた黒いスーツの男たちが一斉に懐に手を忍ばせる。

「将臣！」

「もう私の素性を調べたか。ミスター東條」

カーディフと呼ばれた男は、いきなり現れた将臣に対して驚く様子もなく、しかも平然とその名前を口にした。どうやら将臣が来ることも計算済みだったようだ。

カーディフは自分を護衛する黒いスーツを着た男たちに手を元に戻せと目だけで命令し、

悠々と将臣に対峙《たいじ》した。

男たちはすぐに壁際へと戻る。するとバルコニーの下が急に騒がしくなった。聖也が慌てて下を覗《のぞ》くと、人々の悲鳴とともに、特殊部隊による犯罪者の制圧が行われているのが目に入った。それを将臣も横目でちらりと確認する。

「我々は殿下の思惑に、まんまと引っかかったということですか」

将臣のほうもこの短時間で、聖也を誘拐した男の素性を調べているらしかった。そして『殿下』という呼び方も気になる。

どこかの王子であろう。まさに彼にはその風格があった。そして壁際に立っている男たちもやはりSPに違いなかった。

「何事も穏便に済ませるのが私流だ。今回の協力、ありがたく思うぞ、ミスター東條」

「フン、聖也を巻き込んで、特殊部隊を動かさせたことは面白くないですね。だが、殿下に貸しを作るのはなかなか楽しいですよ」

「貸し？」

カーディフは怪訝《けげん》な顔をした。

「ええ、貸しです。我々をあなたたちの義兄弟喧嘩《げんか》に巻き込んだのですから。そうそう、殿下は北アフリカにかなりのコネクションがあると聞いていますが？」

将臣の声にカーディフの片眉《かたまゆ》だけがぴくりと動く。将臣は人の悪い笑みを携えてさらに言い足した。

「一つ、紹介してくれませんか。それで今回はちゃらにしましょう」

将臣の鋼鉄の心臓には恐れ入る。この場でそんな取引を口にする彼に、聖也は緊張でどきどきしっぱなしだ。

「いい根性をしているな、君は。さすがは日本が誇る東條グループの次期総帥とまで言われている男だな」

「お褒めに与《あずか》りまして、光栄です」

「後で連絡をさせよう。私もミスターと一度ビジネスの話をしたいと思っていた」

どうやら鋼鉄の心臓を持っているのは将臣ばかりではなさそうだ。

聖也が心の中で少しだけ呆《あき》れていると、バルコニーの入り口の扉が軽くノックされた。特殊部隊の秘密クラブの制圧が終わったようで、一人の軍人が将臣のもとに報告にやってきたのだ。

「制圧完了です。こちらの御仁は……」

ちらりと男はカーディフの顔を見ながら報告をする。すぐにそれに反応して将臣が答えた。

「こちらは、今回の摘発に協力していただいたカーディフ殿下です。聖也とともに、不法に囚われたオメガの救出に一役買ってくださいました」

「はあ……ご協力、ありがとうございます」

今一つ納得していない男の様子を見ながら、将臣が社交辞令の笑みを浮かべて話し続けた。

「このクラブの情報を得た二人が、どうやら内緒で偵察に来たのが今回の事件の発端のようです。本当は民間人である彼らが勝手にそんなことに首を突っ込むのはよくないのですが、彼らの正義感が危険な行為へと急《せ》き立てたようです。私からバース管理局へ謝罪も含め報告いたしますので、特殊部隊の皆様には、このたびはいろいろとお手数をおかけし、申し訳ありませんでした」

「いいえ、こちらも偶然にも、このような大きな摘発ができたことに感謝いたしております。それから、こちらを速やかに退去するように命令が下りております。我々と一緒に撤退願います」

「わかりました。すぐに行きます」

将臣はそう返事をして、カーディフに再び顔を向けた。

「殿下、我々と一緒にここから出られますか？」

「いや、気持ちだけありがたく受け取っておこう。もうすぐ私にも迎えが来る」

「わかりました。では、私たちはこれで……」

「ミスター東條」

将臣がバルコニー席から出ようとしたときだった。秘密クラブ摘発で辺りが騒然としている中でも、なんでもないようにゆったりとシャンパンを飲むカーディフから声がかかった。

「君は――、『番』を公に発表していないんだな」

その声に、将臣の動きが止まる。将臣が反応したのをいいことに、カーディフはさらに言葉を続けた。

「日本では、それでいいのかもしれないが、海外では公表されていない『番』は、たとえ籍に入っていたとしても、フリーと見なされる。傍《はた》から見れば、公にできない愛人のように思われるぞ」

カーディフの言葉に珍しく将臣が言葉を失ったままだった。聖也もまた、その問題は二人の間でもデリケートな部分だったので、答えることができなかった。

「殿下」

するとカーディフの傍《そば》に立っていた男が何かを耳打ちした。迎えが来たことを伝えたのだろう。男に小さく頷《うなず》き、カーディフが立ち上がった。

「まあ、君たちにもいろいろ考えがあってのことだろうがな。第三者の私が言う話ではないな。不思議に思ったから聞いたまでだ。気にしないでくれ。では、私はこれで失礼する」

カーディフはバルコニー席から颯爽《さっそう》と出ていった。彼のSPらしき黒服の男たちもその後に続く。

聖也も将臣も彼の後ろ姿を見送ることしかできなかった。

ただ、彼の言葉が小さな棘《とげ》となって二人の胸に刺さったまま、痛みを発していた。

＊＊＊

翌日は昨晩のことが嘘のような清々《すがすが》しい朝だった。

聖也は医療センターへ念のための検査に行くため、会社を休まなければならないことになった。将臣も午前だけ休みをとってくれ、医療センターへ聖也を送りがてら、マンションの近くにあるカフェレストランでブランチをとった。

二人の前のトレイには季節のスープと色とりどりのオーガニック野菜を使ったライ麦のサンドイッチが載っている。

結局、昨夜は、バース管理局でも近年にない大きな摘発となった。経営者なども逮捕され、救い出されたオメガは二十人近くいたらしく、どのオメガも捜索願が出ていた行方不明の青少年だった。

カーディフの義兄の名前は逮捕者名簿には入っていなかったので、上手く逃げたのだろう。

カーディフも最初から義兄の逮捕を期待していたわけではないだろうから、聖也も将臣も結局は義兄への嫌がらせに巻き込まれただけの形となった。

それでも約二十人のオメガを救出することができたのも確かで、将臣は複雑そうではあったが、聖也は素直に喜ぶことにした。

「今朝《けさ》、会社に電話したら、花藤君が出たんだけど、今回の事件で少しショックを受けていたみたいだ。将臣、午後に出社したら、花藤君に声をかけてあげてくれよ」

聖也はスープをスプーンで優しくかき混ぜながら、向かい側に座る将臣に話しかけた。しかし彼はどこか上の空で、返事がない。

「将臣？」

もう一度声をかけると、彼がやっと気づいたかのように視線を聖也に向けた。

「あ、ああ……そうだな。オメガのバースを持つ者には、恐ろしい事件だったな。花藤君には声をかけておくよ」

一応耳には入っていたようだが、反応が彼らしくなかった。だが、聖也はその理由がなんとなくわかっていた。

「……将臣、昨日君が実家に呼ばれたのは、僕とのことだろう？　実家が『番』を公表しろと言っているんだろう？」

将臣が顔を顰《しか》める。やはり聖也が思った通りだった。

東條本家は、未だに式を上げることもせずに、正式に『番』を公表しない長男に痺れを切らしている。

本来なら、東條家嫡男であり、グループ総帥候補である将臣には、きちんと『番』を世間にお披露目をしなければならない義務がある。

今のままでは入籍していることも隠しているので、将臣は独身のアルファとして、ふらふらしているというのが世間の認識になっていた。本家としてはそんな不名誉な噂《うわさ》は、一刻も早く取り除きたいところだ。聖也をオメガということにして公表をするようにと強く将臣を責めているらしい。

一方、将臣は聖也がオメガとして、世間から見られることを未だに避けようとしている。人によってはオメガと聞いた途端、態度を変える人もいるからだ。

しかし聖也はオメガであることを恥じてはいなかった。愛する人や仲間がいれば、強く生きていけると確信している。

「将臣。僕は別にオメガだと思われても構わない。それで君の『番』であり、誰から見ても君が僕のものだと証明できるなら、僕はオメガだと公表しても構わないと思っている」

以前から何度か将臣に告げた言葉だ。だが、毎回将臣に却下され、今の状態が続いている。今回も一度は反対される覚悟はしていた。

だが、彼の視線は聖也から手元に落とされた。

「将臣？」

いつもとは違う様子に声をかけると、彼が顔を上げ、聖也を見つめながらぽつりぽつりと話し出した。

「……私は聖也が私を愛してくれるだけで充分だと思っている。二人がお互いを大切にし、これからも一緒に生きていこうと聖也も思ってくれているなら、それで充分だって、今も思っているんだ」

「将臣……」

「誰に知られなくてもいいんだ。二人がわかっていれば……」

やはり将臣は公表を拒んだ。覚悟していたことだが、聖也の気持ちが萎《しぼ》む。

二人の愛に疑いはないが、隠し通し続けるという行為に、少しだけ悲しみを覚える。それに、隠さなければならない関係に身を置くことで、家族や花藤のようなごくわずかな人間以外には嘘をつき続けるというのも、心に負担があり、そろそろ限界が来ていた。

聖也はここで諦《あきら》めず、将臣をさらに説得しようと口を開きかけたが、それよりも先に将臣が言葉を続けた。

「……だけど、時々、無性に寂しくなることがある。お前になかなか会えなかったときや、昨日みたいに事件に巻き込まれるようなことがあった場合、誰にもその辛さや愛しさを言えないという現実に、胸が押し潰《つぶ》されそうになったこともある」

初めて聞く話だった。いつも堂々と多くのことに対峙している彼に、そんな気持ちが隠れていたなんて思いも寄らなかった。

「そういうとき、私たちの関係を誰かに、いや、多くの人に知ってもらえるよう公表したいと感じたこともあった」

将臣の気持ちを取り零《こぼ》さないように、聖也は一つ一つ拾い上げるような気持ちで、彼の話を聞いた。

彼の視線とかち合う。彼の瞳《ひとみ》の奥に何か閃《ひらめ》いた気がした。彼が一呼吸、置く。

「聖也、お前が言うようにそろそろ公表しようか」

「え――」

息が止まるかと思った。将臣の言葉を受け止める準備ができておらず、返す言葉が口からなかなか出てこない。聖也は彼の顔をじっと見ることしかできなかった。

「ただし、二人ともアルファとして結婚すると公表する。同性のアルファ同士の結婚はまだ風当たりが強いが、そんなことで、もう私たちもへこたれるような関係じゃないだろう？　それよりも傍に祝福してくれる人もたくさんいることを肌で感じよう。二人だけじゃない。周囲の人にも認められて幸せになろう、聖也」

「だ……だけど、君は……東條グループの総帥を……目指しているんだろ。スキャンダルはご法度じゃないか。アルファの男同士の結婚って……きっと誰かが君の足を引っ張ろうとしてくるに決まっている」

動揺して上手く話せない。それでも将臣の評価を下げるようなことはしたくないと、必死で訴えた。すると、聖也のスプーンを持った手に、将臣の手がそっと添えられる。

「私はそんなことで評価を下げるほど能無しじゃないぞ。これからも誰にも文句を言わせないくらい力をつける」

「将臣……」

「お前が傍にいてくれたら、それができる。お前を愛しているんだ。誰にも隠さず、愛しているってことを知らせたい。お前は私のたった一人の運命の伴侶、『番』だ。絶対幸せにする。だから公表しよう。皆の前で幸せになろう、聖也」

前からずっと願っていた、誰かに祝福されたいという小さな願いが今、叶《かな》う。

それだけで聖也は胸がいっぱいになって、言葉よりも先に涙が溢《あふ》れた。もう何も言えず、首を縦に振るばかりだ。

愛している。

単純なのに、全然単純じゃない大切な言葉。魂を震わす呪文《じゅもん》。

「改めてプロポーズする。聖也、私と結婚してくれ」

「……はい」

聖也がそう答えると、将臣の目にも少しだけ光るものが見えた。

そして彼はそのまま椅子《いす》から立ち上がり、聖也の隣までやってくると、人目も憚《はばか》らず、甘く蕩《とろ》けるキスを聖也の頬にしたのだった。

END

あとがき

こんにちは。初めまして。ゆりの菜櫻です。

今回はオメガバースです。私は普段から『運命伴侶』をテーマにしたＢＬを書くことが多いんですが、今回担当様から『どうせなら、完全にオメガバースにしませんか？』とお誘いを受け、『面白そう！』と人生初のオメガバース物を書くことになりました。

と言っても、オリジナル要素満載です。いや、厨二病拗らせていますかね（笑）。

実は最初は二人とも社会人の設定でした。でもプロットを書いていくうちに、舞台背景やらその設定等で、高校時代の様子も必要だと思い、それを社会人編に盛り込んだところ！　あれ？　これ、高校生編だけで一作品書いたほうがいいかも……という状態に。

社会人編を書くにあたって、二人やその周辺にはこういう過去があることを伝えたいので高校生編として独立して書いたほうがいいかな、と思い始め、再びプロットを書き直しました。ところが今度は長い。一作品どころか一冊いくぞ、これは……という状態に。

二人共こういう高校生活を過ごしてきたからこそ、今社会人としてこういう関係になった……という幸せの軌跡が描きたくて、思い切って高校生編がメインの作品にしました。

今回社会人編が短かったので、いつか社会人編をメインにして書けたらなぁと思っております。花藤君や倉持君もまだまだ活躍させたいです。カーディフ殿下もまだまだ(笑)。

そして今回一番楽しんで書いたのは、将来スーパーダーリンになるであろう将臣。高校生なので、まだ余裕がなくて、弱いところもちらほら見えたり、我儘になったりと、スパダリ未完成の彼を描くのが楽しかったです。きっと将来、この高校時代は将臣にとって自分の青さに眩暈がする黒歴史になるかと(笑)。

そんな彼らを華麗に描いてくださったのはアヒル森下先生です。とても素敵なキャラでテンションが上がりました。出来上がりが楽しみです。

そして担当様。社会人物だったはずが、いきなり高校生物にしてしまったのを承諾してくださり、ありがとうございました。

最後になりましたが、ここまで読んでくださった皆様、ありがとうございました。少しでも楽しんでいただけたら嬉しいです。またお会いできることを楽しみにしております。

ゆりの菜櫻

こっそり倉持くんが
好きです!!
ありがとうございました♡
アヒル森下

本作品は書き下ろしです。

ラルーナ文庫

この本を読んでのご意見・ご感想・ファンレターなどお待ちしております。〒111-0036 東京都台東区松が谷1-4-6-303 株式会社シーラボ「ラルーナ文庫編集部」気付でお送りください。

腹黒《はらぐろ》アルファと運命《うんめい》のつがい

2017年4月7日 第1刷発行

著　　者｜ゆりの 菜櫻《なお》

装丁・DTP｜萩原 七唱

発 行 人｜曺 仁警

発 行 所｜株式会社 シーラボ
〒111-0036 東京都台東区松が谷1-4-6-303
電話 03-5830-3474／FAX 03-5830-3574
http://lalunabunko.com

発　　売｜株式会社 三交社
〒110-0016 東京都台東区台東4-20-9 大仙柴田ビル2階
電話 03-5826-4424／FAX 03-5826-4425

印刷・製本｜シナノ書籍印刷株式会社

※本書の全部または一部を無断で複写することは著作権法上での例外を除き、禁じられています。
乱丁・落丁本は小社宛てにお送りください。送料小社負担にてお取替えいたします。

※定価はカバーに表示してあります。

© Nao Yurino 2017, Printed in Japan

ISBN978-4-87919-987-4

LaLuna

毎月20日発売！ ラルーナ文庫 絶賛発売中！

妖狐上司の意地悪こんこん

ゆりの菜櫻 ｜ イラスト：小椋ムク

伊吹は次期家長候補、忠継の秘書見習い。
だが、その秘められた力を狙う一族の魔の手が…。

三交社

LaLuna

毎月20日発売! ラルーナ文庫 絶賛発売中!

白夜月の褥《しとね》

ゆりの菜櫻 | イラスト：小路龍流

親友の命を救うため、己の躰を犠牲に結んだ愛人契約。
三人の男たちを搦めとる運命の糸。

定価：本体680円＋税

三交社

LaLuna

毎月20日発売！ ラルーナ文庫 絶賛発売中！

皇子のいきすぎたご寵愛
～文章博士と物の怪の記～

雛宮さゆら ｜ イラスト：まつだいお

物の怪が見えてしまう文章博士の藤春。
皇子の策に嵌まり女装して後宮へ潜入…。

定価：本体680円＋税

三交社

LaLuna

毎月20日発売！ ラルーナ文庫 絶賛発売中！

猫を拾ったら猛犬がついてきました

かみそう都芭 | イラスト：小椋ムク

祐希が拾った男・宗哉。その正体は……！？

定価：本体700円＋税

三交社

LaLuna

毎月20日発売！ ラルーナ文庫 絶賛発売中！

仁義なき嫁　乱雲編

高月紅葉｜イラスト：高峰 顕

組長の息子と小姑みたいな支倉…いわく
つきの二人の帰国でひっかき回され…。

定価：本体700円＋税

三交社